Suerte esquiva

books4pocket

Carol Higgins Clark

Suerte esquiva

Traducción de Martín Rodríguez Courel

EDICIONES URANO

Argentina - Chile - Colombia - España
Estados Unidos - México - Uruguay - Venezuela

Título original: *Jinxed*
Copyright © 2002 by Carol Higgins Clark

© de la traducción: Martín Rodríguez Courel
© 2004 by Ediciones Urano
        Aribau, 142, pral. – 08036 Barcelona
        www.edicionesurano.com
        www.books4pocket.com

1ª edición en books4pocket abril 2009

Diseño de la colección: Opalworks
Imagen de portada: Getty Images
Diseño de portada: Alejandro Colucci

Impreso por Novoprint, S.A.
Energía 53
Sant Andreu de la Barca (Barcelona)

Fotocomposición: books4pocket

ISBN: 978-84-92516-57-5
Depósito legal: B-8.934-2009

Impreso en España – *Printed in Spain*

Agradecimientos

Me gustaría expresar mi agradecimiento a las siguientes personas por la gran ayuda que me han prestado para escribir este libro.

En primer lugar, a mi editora, Roz Lippel, por sus estupendos consejos y atención y con quien trabajar resulta un placer. A su ayudante, Laura Petermann, siempre tan servicial. De manera especial, quiero agradecer sus orientaciones a Michael Korda y Chuck Adams. Gracias a mi agente publicitario, Lisl Cade, como siempre atenta a mis necesidades. Gracias también a mi representante, Nick Ellison, y a la directora de derechos para el extranjero, Alicka Pistek.

John Fulbrook, subdirector de edición de textos de Gipsy da Silva, ha hecho, de nuevo, un trabajo maravilloso. Desde aquí también quiero honrar la memoria de Carol Catta, responsable de la edición de textos. Y como siempre, ¡gracias mamá! Siempre que he necesitado el aliento mi madre, Mary Higgins Clark, ha estado al otro lado de la línea telefónica.

Por último, gracias a mi familia y a mis amigos, incisamente pendientes de mi trabajo.

¡Ahora ya puedo empezar!

1

9 de mayo, jueves

—Gira a la derecha en el camino de tierra lleno de baches —indicó Regan Reilly. Su pretendiente, y «no pariente», Jack Reilly iba al volante del Lexus de ella, y se dirigían a la última bodega de su gira turística por el valle de Napa y el condado de Santa Bárbara. Regan consultaba una guía de viajes.

—¿Por este camino de tierra lleno de baches? —preguntó Jack mientras efectuaba el giro y el coche empezaba a dar tumbos levantando una nube de polvo a su paso.

Regan sonrió.

—No veo otro.

—Me estoy imaginando el lugar —caviló Jack—. Con un nombre como Estados Alterados y situado tan a trasmano…

—Aquí dice que es el sitio perfecto para relajarse, saborear una copa de vino, meditar, dormir en una encantadora casa rural… alejarse del mundanal ruido y dejar las tensiones atrás.

—Bueno, tienen razón cuando dicen que nos estamos alejando del mundanal ruido. —Jack alargó la mano y apretó la de Regan—. Este lugar está fuera de las rutas habituales; y ya hemos estado en otros lugares remotos durante la última semana.

Regan y Jack se habían conocido en Nueva York cinco meses atrás, durante las Navidades, a raíz del secuestro del padre de Regan, Luke. Jack, que era el jefe de la Brigada de Casos Especiales de Manhattan, había resultado decisivo para encontrar a Luke.

Luke había vuelto sano y salvo el día de Nochebuena, y esa misma noche Regan y Jack comenzaron su idilio. Quizá fuera una forma extraña de conocerse dos personas, sin embargo Luke reclamó toda la atención y se quejó de que todavía no se le había pagado su comisión por haber hecho de celestina. Él y la madre de Regan, la escritora de novelas policíacas Nora Regan Reilly, estaban convencidos de que Jack era la pareja perfecta para Regan. No era solo que fuera apuesto, amable y elegante y que tuviera un sentido del humor cargado de ironía, sino que además, a sus treinta y cuatro años, era un hombre con empuje. Licenciado por la Universidad de Boston y con dos maestrías, su objetivo era llegar a convertirse en Inspector Jefe de Nueva York. Entre sus conocidos, eran pocos los que dudaban de que llegara a conseguirlo.

En este momento, estaban finalizando sus primeras vacaciones juntos, una gira turística en coche que les había conducido hacia el norte desde Los Ángeles por la autopista del Pacífico y que, después de atravesar la región vitiviníco-la del valle de Napa, había vuelto a bajar a través de los valles. Estados Alterados era su última parada antes de dirigirse de vuelta a Los Ángeles, donde Regan, de treinta y un años, trabajaba como detective privada.

El viaje había sido magnífico. Habían paseado por la playa, se habían detenido en pequeños pueblos costeros y habían descubierto restaurantes llenos de encanto y buena comida. Incluso los tipos con que se toparon en un par de sitios de mala muerte al borde la carretera les hicieron reír de lo lindo.

—¿Te has dado cuenta? —dijo Jack con una sonrisa—; no nos hemos sacado de quicio el uno al otro ni siquiera una vez.

—Menudo milagro. —Regan se rió mientras contemplaba el perfil de Jack. Caray, mira que es guapo, pensó, y me hace tan feliz. El metro ochenta y ocho, los anchos hombros, el pelo rubio rojizo con cierta tendencia a rizarse, las facciones fuertes y equilibradas y los ojos color avellana eran el complemento perfecto de Regan, que había heredado el aire de irlandesa morena de la rama Reilly de la familia: pelo negro, piel blanca y ojos azules.

—Éste es el último mono de los caminos de tierra llenos de baches. —Jack hizo avanzar el coche por el trecho aparentemente interminable. Era casi las cinco, llevaban viajando horas y estaban ansiosos por bajarse del coche y sentarse con una copa de vino en la terraza trasera de la taberna, supuestamente poseedora de una magnífica vista panorámica.

A lo lejos divisaron un grupo de viejos edificios de piedra y madera rodeados de hectáreas y hectáreas de viñedos.

—Tiene el aspecto de una vieja ciudad fantasma, tal y como promete la guía.

—Este lugar estuvo abandonado durante décadas, ¿verdad? —preguntó Jack.

—Sí. La bodega cerró a causa de la Ley Seca y luego permaneció inactiva durante años. Más tarde la compró una pareja y empezaron a restaurarla, pero entonces quebraron. Los actuales dueños la adquirieron hace poco.

Atravesaron lentamente un limonar y entraron en el claro que se abría delante del edificio principal. Jack detuvo el coche, se apearon y ambos aspiraron con intensidad la fragancia del aire.

—Es tan apacible y silencioso —dijo Regan.

El móvil de Jack sonó.

—¿Decías algo? —observó mientras le guiñaba el ojo, abría el teléfono y contestaba. Por el tono de su voz, Regan supo enseguida que era una llamada de su oficina. Con lentitud, se acercó al gran edificio de piedra y traspuso el umbral de la puerta principal.

—Hola. —Una mujer alta y delgada la saludó desde detrás de un enorme mostrador de recepción. Más allá del mueble, parpadeaba un número considerable de velas. La mujer aparentaba unos cincuenta años y tenía un pelo rubio largo, suelto y entrecano que le confería un aire de eternidad—. Nos alegramos de tenerlos en Estados Alterados.

No cabe duda de que esto parece Estados Alterados, pensó Regan, pero dijo:

—Gracias. Es agradable estar aquí.

—¿Tienen reserva?

—Sí.

—Estupendo. Por favor, firme en este libro. ¿De dónde vienen?

—De los Ángeles.

—Eso es magnífico. ¿Tienen tarjetas de visita? Nos gustaría asegurarnos de que están en nuestra lista de correspondencia comercial.

Regan sacó una tarjeta de su cartera y se la entregó a la mujer.

La mujer se la quedó mirando fijamente durante un instante antes de levantar la vista hacia Regan con una expresión Zen.

—¿Es usted detective privada?

—Sí —dijo Regan asintiendo con la cabeza.

—Qué fantástico —dijo—, de verdad que es fantástico.

—Ah, es bastante chulo —convino Regan riéndose, y pudo oír cómo se abría la puerta a su espalda. Se volvió, ya con una sonrisa, rezando para que fuera Jack. Esa mujer era un poquito rara. Sus plegarias fueron atendidas, pero Jack no ofrecía el mismo aspecto relajado de hacía unos minutos.

—Lo siento, Regan, tengo que volver a Nueva York mañana. Aquel caso del que te hablé…

Regan se sintió profundamente contrariada.

—Ah, Jack, eso es el fin de nuestras vacaciones —dijo con una fingida expresión de horror.

—Lo sé y me siento fatal. Tal vez deberíamos volver a Los Ángeles esta noche.

La mujer de detrás del mostrador adoptó un aire comprensivo.

—Nos sentiremos honradísimos de reservarles habitación en otra ocasión. Nos encantaría que volvieran a visitarnos.

—Y a nosotros nos encantará volver —contestaron al unísono Jack y Regan en el momento en que un gato negro saltaba sobre el mostrador.

Ninguno sospechó entonces que Regan estaría de vuelta antes de veinticuatro horas.

2

Lucretia Standish pulsó el botón del «servicio doméstico» de la mesilla de noche por tercera vez desde que se había despertado en su suntuoso dormitorio de Beverly Hills. No llevaba viviendo mucho tiempo en la casa y pulsar con brío el botón cada vez que se le ocurría que pudiera necesitar ayuda de la criada era como una droga para ella. La sirvienta, haciendo un esfuerzo coordinado para no volverse loca, añoraba a su antiguo empleador, muerto plácidamente hacía solo tres meses mientras ella seguía viva. La casa, muebles incluidos, se había vendido a Lucretia.

Lucretia, a la sazón de noventa y tres años, no tenía tiempo para malgastar en decoraciones.

—Encargas algo y tarda una eternidad, y no dispongo de una eternidad. Me gusta la casa como está y lo quiero comprar absolutamente todo.

—Pero puede que la familia no quiera… —había protestado el agente de la propiedad inmobiliaria.

—Estoy haciendo una oferta: la toma o la deja.

Los parientes próximos estuvieron simplemente encantados de no tener que enfrentarse a una subasta pública en toda regla de los muebles de la casa.

A Lucretia le parecía la casa perfecta. Era elegante aunque cómoda, un rancho con un jardín y una piscina grandes.

Todo en el dormitorio, desde el alfombrado de felpa hasta las cortinas de seda, el edredón acolchado y las docenas de almohadas decorativas estaban confeccionados en diferentes tonalidades de color melocotón... tonos y texturas pensados para tranquilizar. Un trabajo ímprobo para aquellos objetos inanimados; algunos dirían que imposible. Lucretia podía ser de armas tomar.

Había vivido mucho a lo largo de sus noventa y tres años. Su padre había sido dueño de una bodega que cerró a causa de la Ley Seca. Siendo una adolescente, Lucretia se fue a vivir a Hollywood, donde llegó a convertirse en una prometedora joven actriz del cine mudo, y justo cuando empezaba a hacerse famosa, se empezaron a realizar películas sonoras. ¡Y quién lo hubiera dicho!, la chillona vocecita de Lucretia acabó con cualquier esperanza de transición. Entonces, la bolsa se hundió el día de su cumpleaños.

—La oportunidad lo es todo —solía decir—. Y a menudo, la mía ha apestado. Los años veinte no fueron tan locos para mi familia. —Entonces, con una sonrisa maliciosa, añadía siempre—: Pero los últimos setenta años no han estado mal. —Su optimismo vital nunca desfallecía.

Cinco veces casada, Lucretia había dado la vuelta al mundo y había vivido en tres continentes. Cuando Haskell Weldon, su último marido, murió mientras jugaba al bingo en un crucero alrededor del mundo, Lucretia regresó a su apartamento de la ciudad de Nueva York. Un joven que conoció en una fiesta le dijo que tenía un soplo para una inversión.

—Hay una nueva punto-com que va a ponerse por las nubes —susurró el joven—. Si estuviera en su lugar, invertiría hasta el último céntimo que me sobrara.

—¿Qué es una punto-com? —preguntó.

Treinta gloriosos meses más tarde, con la convicción de que no hay nada bueno que dure eternamente, Lucretia vendió sus acciones justo antes de que la empresa se hinchara. Con casi sesenta millones de dólares en el banco, decidió vender el apartamento de Nueva York y volvió a California, donde el clima era más benigno. Mientras paseaba en coche por Beverly Hills el primer domingo después de su regreso, advirtió que la casa que cuando era una joven actriz siempre había admirado con los ojos haciéndole chiribitas tenía delante un cartel de SE VENDE. HOY, JORNADA DE PUERTAS ABIERTAS.

—Estaba escrito, lo sabía —gritó, saltando fuera del coche y entrando a todo correr. No perdió tiempo en hacer una oferta.

—Esta casa es mi mayor ilusión desde hace unos setenta años. Tal vez sea un poco vieja para dar las fiestas desenfrenadas que habría dado si entonces las cosas hubieran funcionado, pero ahora voy a vivir mi sueño —explicó al agente de la propiedad inmobiliaria. Dos semanas después la casa era suya.

Lucretia volvió a pulsar el botón, y la criada entró corriendo en la habitación.

—¿Sí, señorita Lucretia?

—Phyllis, ¿por qué no está ya Edward aquí? —Preguntó la nimiedad con impaciencia. Aunque su voz le había sesgado de golpe la carrera de actriz, a los noventa y tres seguía sonando con sorprendente fuerza y viveza. Lucretia era una cosita diminuta con un pelo ralo color fresa y rasgos delicados. Su piel era tersa y suave gracias a la genética y a alguna que otra puntada ocasional. Era fácil ver por qué la cámara la había amado; por desgracia, no se podía decir lo mismo del micrófono. Allí no había idilio; solo hacía salir lo peor de ella.

—Que me aspen si lo sé. —Phyllis, una mujer de sesenta y pocos años, no malgastaba palabras. Su pasión eran los programas concurso y, a lo largo de los años, había participado como concursante en varios de ellos. Era una mujer baja y fornida con cara de bulldog y un labio inferior caído que le confería una expresión de profunda tristeza.

Lucretia se encogió de hombros.

—Y a mí. —Sabía que era una pregunta tonta, pues Edward no tenía por qué llegar hasta diez minutos más tarde—. Iré a sentarme a la mesa del patio. Envíale allí en cuanto llegue.

—Por supuesto. —Phyllis volvió corriendo a la cocina donde, en la televisión en miniatura situada en el mostrador, un concursante estaba a punto de jugarse una fortuna.

Ocho minutos más tarde, Edward Field detenía su BMW en el camino de acceso a la casa. Lucretia le había telefoneado muy temprano para decirle que necesitaba hablar. Había hecho mucho dinero gracias al soplo de Edward y confiaba en él. Aquello estaba bien, pensó Edward; la necesitaba. En esos momentos, le administraba el dinero y ella era su única presa en la ciudad. La había seguido desde Nueva York a California.

A sus cuarenta y seis años, había cultivado con esmero un aspecto anodino. Tres ancianas atrás, se había dado cuenta de que lo que mejor funcionaba era parecer un cruce entre un benevolente sacristán y un contable escrupuloso, alguien que se preocupara de tu bienestar y de tu cuenta corriente.

El pelo castaño, corto y engominado, partido por una agudísima raya, y una expresión de permanente gravedad que emanaba de unos tristes ojos castaños tras unas gafas con montura de concha resultaban muy adecuados.

Edward aparcó el coche, cogió el maletín del asiento contiguo y abrió la puerta. Su magro cuerpo iba vestido con un conservador traje gris. Una camisa blanca y una pajarita negra completaban el equipo.

—Está en la parte de atrás —le anunció Phyllis de manera cortante al abrir la puerta, al tiempo que le hacía un gesto con la cabeza en dirección a la piscina.

—Gracias, señora —contestó Edward con educación exagerada. Odiaba admitir que le tenía un poquito de miedo: la criada tenía el oído de Lucretia a su disposición cuando él no andaba por medio y Edward tenía la sensación de que lo había calado. Hay que matar al enemigo con amabilidad, pensaba cada vez que posaba los ojos en la cara de bulldog.

Encontró a Lucretia sentada a una mesa junto a la piscina. Vestida con un caftán multicolor, bebía a sorbos una limonada rosa bajo una sombrilla del mismo color.

—¡Querido! —grito al verlo.

—Lucretia. —Edward se inclinó para besarla en la mejilla, se incorporó y miró en derredor—. No soy capaz de expresar como me gusta esta parte trasera; es perfecta para ti. Estoy encantado con que finalmente pudieras hacerte con la casa.

Una vez más, lo que intentaba conseguir es que por la mente de Lucretia cruzara la idea de que todo se lo debía a él. Lo hacía siempre que podía, moviéndose por una fina línea entre la sutileza y la pesadez de una gotera.

—A mi también me gusta —dijo Lucretia con excitación mientras admiraba el refulgir del agua, salpicada de flotantes pelotas de playa rayadas, el cuidado y exuberante patio y la caseta de la depuradora, pintada de un rosa desenfadado a juego con la sombrilla—. Y he decidido que es hora de que dé una fiesta.

—Es un idea magnífica —dijo Edward, pensando a quién invitaría él; a quién necesitaba impresionar.

—Una fiesta familiar —añadió Lucretia—. Esto es de lo que quería hablarte.

—¿Una fiesta familiar? —Edward pareció sorprenderse. Nunca había conocido a nadie de la familia de Lucretia; no pensó que tuviera parientes vivos. Por alguna razón empezó a sudar.

—Mi querido Haskell tenía una sobrina, dos sobrinos y una sobrina nieta. Viven todos en California y quiero ponerme en contacto con ellos.

Los hijos del hermano de su último marido eran del «tipo hippy», explicó. Todos habían buscado una paz interior que no procediera de relajantes almohadas de cama color melocotón. Poco antes de morir Haskell, compraron una vieja bodega fantasma que había sido abandonada durante los años de la Prohibición. Los dueños anteriores habían quebrado y los tres hermanos se hicieron con ella por cuatro cuartos. Su idea era añadir un centro de meditación, una bañera comunitaria de relax y una tienda de velas. Habían llamado a Haskell en busca de asesoramiento y éste les había dicho que no se lo pensaran dos veces. «Pensad a lo grande», les sermoneó. «Así es como he triunfado.»

Cuando, dos años antes, su tío les dijo que se iba a casar con Lucretia no se sintieron muy felices. Hacía demasiado poco tiempo que la conocía. Lucretia y Haskell se casaron en Europa, vivieron en Nueva York y pasaron la mayor parte de sus dos años de matrimonio en cruceros, de manera que Lucretia no había llegado a conocer la familia de Haskell. Estaba a punto de organizarse una reunión cuando un agotador juego de bingo se lo cargó.

—¿Por qué quieres ponerte en contacto con ellos? —preguntó Edward, y su voz fue casi un chillido. Dios, pensó, no necesito a ningún familiar entrometiéndose.

—Porque quiero que asistan a nuestra boda —respondió Lucretia sonriéndole—. He decidido aceptar tu proposición.

Edward agarró la frágil manita de Lucretia y se la llevó a los labios.

—Amor mío —susurró—. Me siento abrumado. Nunca pensé que tú…

—Yo tampoco —admitió Lucretia—, pero has sido tan maravilloso conmigo. He de confesar que cuando era más joven no habrías sido mi tipo. Si he de ser sincera, prefería a los hombres gallardos y excitantes, pero ahora que soy más madura, me doy cuenta de la importancia de tener alguien serio, afectuoso y responsable…

—Soy todo eso y más —consiguió croar Edward algo ofendido, aunque feliz de que su actuación hubiera ido tan bien—. ¿Por qué no nos fugamos hoy?

Lucretia se rió.

—¡Qué niño tan malo! Quiero arreglar las cosas con la familia Haskell y deseo que asistan a la boda. Nunca me aceptaron porque pensaban que quería el dinero de su tío. Pero no fue así en absoluto. Haskell y yo nos amábamos y he decidido que voy a coger los ocho millones de dólares iniciales que me legó y dárselos a ellos. Dos millones a cada uno. Será una sorpresa. El resto es nuestro.

—¿Más limonada?

Lucretia y Edward se giraron para ver a Phyllis allí parada con una jarra en la mano.

—¡Ahora no, Phyllis! —dijo bruscamente Lucretia.

Phyllis regresó a la cocina en una veloz retirada.

A Edward le daba vueltas la cabeza. Regalar ocho millones, pensó con tristeza durante una milmillonésima de segundo. Pero luego pensó en aquellos otros millones que algún día serían sólo suyos...

Lucretia le envolvió las manos con las suyas.

—Tú tienes tus casas del sur de Francia y de Nueva York y yo tengo esta maravillosa casa de ensueño. Podemos vivir aquí, pero ya no quiero viajar más. Un adivino me dijo una vez que iba a morir en el extranjero, así que me figuro que, de ahora en adelante, ¡me quedaré siempre en casa! Espero que no te importe...

—En absoluto —contestó Edward, quizá con excesiva celeridad.

Lucretia dio unas palmaditas en el asiento que estaba junto a ella.

—Siéntate, querido. Prepararemos la boda para este domingo.

—¿El domingo? —dijo Edward con un grito ahogado.

—Dentro de cuatro días; casi me muero de ganas. Me he pasado la noche en vela pensando en cómo lo celebraremos. Y como no podía dormir, saqué el álbum de fotos que la sobrina y los sobrinos de Haskell le dieron poco antes de conocernos. Tengo que decirle a Phyllis que empiece a llamarlos inmediatamente para comunicarles la buena nueva y puedan organizarse para estar aquí el domingo.

Edward sacó el pañuelo y se secó el sudor que le corría desde la base de su pelo perfectamente dividido. Notaba las palmas de las manos pegajosas. El domingo él valdría cincuenta y dos millones de dólares.

Lucretia abrió el álbum de fotos.

—Quiero que los dos los reconozcamos a todos y recordemos sus nombres. Entre todos formaremos una gran familia feliz. Sé qué a Haskell le haría muy feliz. —Lucretia señaló una foto de un tipo de mediana edad con la cabeza afeitaba que parecía ir ataviado con un pijama—. Bueno, éste es Earl. Es el aficionado a la meditación, el pobre. Y éste es Leon, el que se encarga de dirigir la bodega. —Lucretia se encogió de hombros—. Me acuerdo de mi pobre padre. Tenía una bodega maravillosa y entonces el gobierno decidió que beber era pecado. —Pasó la hoja—. Ésta es Lilac con todas sus velas y el incienso. Esas cosas me producen alergia. —Se giró y miró a Edward, que estaba mirando fijamente la foto de Lilac—. ¿Qué pasa, querido?

Edward señaló el retrato de una rubia atractiva de veintitantos años.

—¿Quién es ésta? —Tosió para intentar ocultar el temor que había en su voz.

—Es la hija de Lilac. Se llama Freshness.

—¿Freshness? —repitió Edward repentinamente aliviado.

Lucretia puso los ojos en blanco.

—Así le puso su madre al nacer. Algo relacionado con la frescura del aire aquel día. Un nombre hippy. Pero incluso Freshness sabía que su nombre era ridículo, así que cuando se hizo actriz, decidió utilizar el de Whitney, Whitney Weldon. Según parece, está consiguiendo algunos papelitos interesantes en el cine.

Edward sintió que se quedaba sin sangre en la cabeza.

—¿La vas a invitar a la boda?

—Pues claro. Me muero por hablar con ella sobre interpretación. ¡Sigo echándolo tanto de menos! En realidad es con la única que deseo estar el domingo.

No, si puedo evitarlo, pensó Edward mientras intentaba conservar la calma. Y se prometió evitarlo. Bajo ningún concepto iba a permitir que Freshness le estropeara el día de su boda.

Y no importaba lo que costase.

3

10 de mayo, viernes

Regan descorrió el cerrojo de la puerta de su despacho y pasó por encima de la pila de correspondencia que se había amontonado en el suelo. Tuvo la sensación de que ya hubiera sido un día muy largo, y solo eran los ocho de la mañana. Tras dejar a Jack en el aeropuerto a las siete, decidió pasarse por el trabajo para ponerse al día.

Por lo general a Regan le gustaba trabajar… pero no ese día. Aun cuando su cuerpo había llegado a la oficina, su mente estaba en otro sitio: seguía de vacaciones con Jack. Pero él se había ido, y Regan no lo vería durante dos semanas más, cuando ella volara a Nueva York el fin de semana del Día de los Caídos.

Dispuesta a ser productiva, depositó la bolsa marrón que contenía una taza de café y un bollo de arándanos en el escritorio, dejó que el bolso se le deslizara por el brazo y se agachó para recoger el correo. Cuando se incorporó, echó una ojeada al familiar entorno. Por lo general, su hogar lejos del hogar era un gran alivio, pero ese día daba una sensación de soledad, casi de abandono. *Como yo,* pensó.

La oficina, situada en un viejo edificio cercano a Hollywood y Vine, tenía un suelo de baldosas negras y blancas, un baño con una añeja instalación de agua y, por decirlo de alguna manera, fantasmas en los pasillos. Para Regan era perfecto. Nada de edificios de oficinas nuevos y elegantes; ella prefería un lugar con carácter.

Se acercó a la ventana de bisagras y la abrió; poco a poco, fue entrando una refrescante brisa mañanera.

—Así está mejor —murmuró—. Dejemos que se airee el lugar; ya es hora de empezar a moverse.

Levantó la tapa de la taza de café y se sentó en la silla que había prometido darlo todo, desde un respaldo hasta un amor sin condiciones, y que le había costado una fortuna. Dio un sorbo al café y empezó a clasificar lo que no era más que un montón de propaganda cuando, perforando el silencio, sonó el teléfono.

Una expresión de perplejidad atravesó su rostro mientras repasaba mentalmente los posibles autores de una llamada tan madrugadora. Su madre estaba en Los Ángeles de viaje promocional de un libro; su padre había llegado la víspera en avión para pasar unos días con Nora y reunirse con los productores de una adaptación cinematográfica del último libro de su esposa. Jack y Regan habían estado cenando con ellos la noche anterior, ya tarde. Y, en ese momento, Jack estaría sobrevolando algún punto del estado de Nevada.

El teléfono volvió a sonar. Probablemente una venta por teléfono, pensó mientras agarraba el auricular.

—Regan Reilly.

—¿Es usted la misma Regan? —preguntó la voz entrecortada de una mujer.

—Yo soy.

—Me alegro de encontrarla ahí. Hola.

—Sí, bueno, hola. ¿En qué puedo ayudarla?

La que llamaba suspiró.

—Ah, es un asunto tan extraño. Muy bien, bueno, veamos…

Regan cogió una pluma y se acercó un cuaderno de notas profesional mientras esperaba a que la mujer dijera algo digno de anotar. La mujer parecía algo extravagante, pero la llamada ayudó a Regan a alejar de sus pensamientos el deseo de seguir de vacaciones con Jack.

—La verdad es que, en cierta manera, nos conocimos ayer… en Estados Alterados.

Regan arqueó las cejas.

—Ah, usted es la mujer de la recepción.

—Sí, así es. Me llamo Lilac Weldon y me alegro de haber averiguado que era usted detective privada. Creo que fue el *kismet*.[1]

—¿El *kismet*? —repitió Regan—. ¿Por qué fue algo del *kismet*?

Lilac se aclaró la garganta con delicadeza y bajó un poco la voz.

—Ayer tuve noticias de la criada de una vieja actriz con la que mi tío se casó hace unos años. Él ya ha muerto y ella se va a casar de nuevo. Quiere que mis dos hermanos, mi hija y yo asistamos el domingo a la boda.

Hasta ahí todo bien, pensó Regan.

—La cuestión es que no hemos estado unidos en absoluto; jamás hemos visto a esta mujer. Estuvieron casados un

---

1. Palabra turca de origen árabe que significa hado, sino, destino. (*N. del T.*)

par de años, y mi tío se lo dejó todo a ella; nosotros no recibimos ni diez centavos, ni siquiera cinco, ni un mísero centavo. En cualquier caso, fui educada y le dije que era demasiado precipitado y que ya vería, que tal vez pudiéramos visitarla en otra ocasión... ya sabe, bla, bla, bla. Este domingo es el Día de la Madre y estaremos ocupados. Supongo que la doncella se daría cuenta de que no tenía ninguna intención de asistir.

Regan seguía sin tomar notas.

—Así que la doncella me volvió a llamar esta mañana temprano, y casi me caigo de espaldas. Me dijo que creía que Lucretia (la que se va a casar) estaba pensando en darnos el dinero que le había dejado nuestro tío si asistíamos a la boda, pero que no nos lo iba a decir. Quería comprobar si nos molestaríamos en aparecer. Si apareciéramos «todos», aflojaría la mosca.

—¿Cuánto? —preguntó Regan.

—Dos millones para cada uno.

—Iré —se ofreció Regan.

Lilac soltó una risa nerviosa.

—Sí, lo sé, es bastante loco, suena muy extraño. Pero Lucretia ganó más de cincuenta millones con una puntocom y, bueno, acabo de hablar con mis hermanos y quieren ir a la boda.

Pues claro, pensó Regan.

—Quiero decir que nos vendría bien ese dinero. Invertimos todo lo que teníamos en comprar este lugar y todavía es necesario hacer muchas obras. Pero la cuestión es que mi hija se ha ido hasta el domingo por la noche. Vendrá a cenar el Día de la Madre, lo cual será demasiado tarde.

—¿No puede llamarla?

—Bueno, es actriz y vive en Los Ángeles, pero tiene un papel en una película que se está rodando cerca de Santa Bárbara. Hablé con ella ayer por la mañana antes de tener noticias de la boda, y me dijo que tenía el viernes libre y que no estaba segura de lo que iba a hacer los días siguientes. Es uno de esos fines de semana en los que se deja llevar por la corriente.

—¿Fines de semana en los que se deja llevar por la corriente, sin más?

—A veces le gusta subirse al coche sin más y largarse para estar sola e incomunicada durante un par de días. Incomunicada para poder entrar en contacto con su yo más íntimo. Comunión con la naturaleza, ¿entiende lo que le digo? Esta mañana he probado a llamarla a la habitación del hotel y no ha habido respuesta. He dejado un mensaje, pero puede que ya se haya marchado.

—¿No tiene móvil? —preguntó Regan.

—Los móviles no son compatibles con los fines de semana de dejarse llevar por la corriente. Lo lleva con ella pero sólo lo utiliza en caso de emergencia, como una avería de coche. Por otro lado, dice que le resulta estresante estar comprobando en todo momento los mensajes y el contestador del teléfono. Así que, a efectos prácticos, lo más probable es que desaparezca hasta el domingo a la hora de la cena.

Eso sería una lata, reflexionó Regan. Le sorprendía que alguien pudiera largarse de esa manera y permanecer ilocalizable, pues como irlandesa siempre esperaba que sucediera algo imprevisto. El pensar en que sus padres no pudieran localizarla, la angustiaría demasiado, pero esa gente tenía una manera diferente de ver las cosas.

—¿Cómo se llama su hija?

—Freshness.

—¿Freshness?

—Sí, Freshness. Nació la mañana más maravillosa de primavera, pero ahora se hace llamar Whitney.

Un punto para la hija, caviló Regan.

—Lilac, ¿qué querría que hiciera?

—Encontrar a Freshness. —Hizo una pausa—. Regan, a todos nos vendría realmente bien ese dinero. Tenemos deudas y…

—Comprendo —dijo Regan con rapidez. Entonces, se preguntó de repente por qué la sirvienta se había molestado en llamar a Lilac por lo del dinero. ¿Podría tratarse de un artimaña?—. ¿Sabe?, tal vez no reciban ni un centavo —le advirtió—. ¿Quién sabe si la doncella le estaba diciendo la verdad?

—Ya he pensado en eso —respondió Lilac—, pero ante la posibilidad de que sea un asunto limpio, sin duda no pasará nada por hacer el viaje. El tío Haskell era un buen tipo y debe haber querido a esa señora. Nos sigue doliendo que no nos dejara nada. Por otro lado… —Su voz se quebró—. Regan, de repente estoy preocupada por Freshness. No puedo explicarlo… pero tengo la sensación de que, si no la encuentra antes del domingo, le va a ocurrir algo malo. ¿Ha tenido alguna vez una sensación así?

—Sí, claro —dijo Regan en voz baja—, y mi supersticiosa abuela irlandesa no paraba de tener premoniciones que, a veces, se hacían realidad. Bueno, empecemos con algunos datos. ¿Dónde se rueda la película? Puedo acercarme en coche hasta allí y hablar con la gente del rodaje. ¿Y cómo se titula la película?

Lilac dudó antes de responder a la última pregunta de Regan.

—La película se titula *Suerte esquiva*.

4

Eddie Field no había pegado ojo en toda la noche. En ese momento tenía el anillo de compromiso en el puño y una pequeña estúpida llamada Freshness podía arruinarlo todo. ¿Por qué habría acudido a aquellas clases de interpretación en Nueva York? Pensó que le ayudarían a perfeccionar su papel de asesor de inversiones conservador, pero no necesitaba ninguna ayuda para eso. Era un maestro en engañar a la gente.

Whitney Weldon estaba en aquella clase. Les tocó interpretar juntos una escena, así que fueron al apartamento de Eddie para ensayar. Uno de sus amigos llamó entonces y dejó un mensaje en el contestador mientras repasaban sus papeles. A Eddie no se le había ocurrido bajar el volumen.

«Felicidades. Me he enterado de que conseguiste que la vieja pusiera los ochocientos mil. No te olvides de tu socio. Me debes ochenta mil, el diez por ciento. Y esta vez no te gastes el dinero en los caballos.»

—Qué bonito —había observado Whitney con sarcasmo—. Ojalá tuviera una grabación de esto para llevárselo a la policía. Eres despreciable. —Y se había marchado.

Eddie no volvió a aparecer por la clase. Hacía ya tres años de aquello. Luego, la punto-com para la que se le había encargado que recaudara dinero, había reportado pingües beneficios a Lucretia. Ésta se fue a California y él se fue tras ella.

Necesitaba a Lucretia, necesitaba sus millones. No había seguido el consejo de su compinche y, una vez más, lo había perdido todo en las carreras.

Su apartamento de Venice Beach era, siendo benévolos, de ínfima calidad. Odio este sitio, pensó mientras entraba en la ducha procurando no fijarse en el moho. Pero si todo discurre según lo previsto, solo tendré que soportarlo un par de días más. Se enjabonó y se lavó el pelo con un buen champú. No soportaba todo aquel gel que tenía que ponerse para adquirir el aspecto timorato. En cuanto él y Lucretia estuvieran casados, poco a poco le dejaría ver su verdadera apariencia: la de buen mozo.

Se rió y pensó una vez más sobre cómo cambiaban las cosas dependiendo del aspecto con que uno se presentaba al mundo, sobre la importancia de las apariencias. La vestimenta, el peinado, el comportamiento, la actitud. Si Lucretia hubiera visto alguna vez al «verdadero Eddie», vestido con su camiseta psicodélica y los raídos vaqueros cortados, el pelo revuelto y rizado, bailando en el bar de la playa, sin duda le habría dado un infarto. No podía dejar que viera aquella parte de él, pero, una vez más, le fastidió que le creyera un bobalicón. ¿Qué había dicho acerca de que cuando era más joven no le habría interesado alguien como él? ¡Sí, sí! Eso sólo demostraba que no tenía ni la más mínima idea.

Se arrolló una toalla alrededor de la cintura y entró en el dormitorio, que contenía la exigua colección de sus pertenencias terrenas. Un desaliñado edredón dignificaba un colchón lleno de bultos informes. Había alquilado el apartamento amueblado, y a todas luces, los numerosos inquilinos precedentes no habían tratado el lugar con el mismo cariño que habrían puesto de haber sido sus verdaderos dueños.

En el armario empotrado estaban colgados sus escasos trajes de calidad que, junto con el coche, eran las herramientas de mayor importancia en su negocio. Aparece en un coche bonito, sobre todo en Los Ángeles, aparenta respetabilidad y habrás ganado media batalla.

Al cabo de quince minutos Eddie estaba listo para abandonar el apartamento y presentarse ante el mundo como el respetable prometido de Lucretia Standish. Pero no iba a dirigirse directamente a Beverly Hills: primero tenía que ir al aeropuerto.

Aparcó en el exterior de la zona de recogida de equipajes de la Terminal A. Su amigo acababa de llamarlo para decirle que el avión había aterrizado; y allí estaba su compinche, Rex, el señor Diez por ciento.

Tras arrojar el equipaje en el maletero, Rex abrió la puerta del acompañante y se empezó a reír.

—Estás sensacional. —dijo—. Bonito pelo. ¿Cuándo es la despedida de soltero?

Eddie aceleró a fondo y arrancó bruscamente.

—Eh, tío, no me has dejado ni poner el cinturón de seguridad —protestó Rex. Era un tipo muy cachas, de unos treinta y cinco años, que al estilo de matón resultaba bastante atractivo. Tenía el pelo rubio y sucio, ojos verdes y facciones duras y, dependiendo de su estado de ánimo, la mandíbula cuadrada y la ancha nariz podían parecer bonitas o aterradoras. Cuando quería sacaba el encanto y cuando no se sentía encantador, tenía un carácter de mil demonios.

Se metieron en el carril de los coches que salían del aeropuerto.

—Te lo aseguro, Rex. Por fin me ha tocado el gordo, ahora sí.

—Y yo tengo el diez por ciento… ¿qué es? Diría que unos cinco millones de dólares. Porque el domingo valdrás cincuenta millones por lo menos.

—Sólo si encuentras a Freshness y la mantienes alejada hasta después de la boda.

—Haré lo todo lo que pueda —dijo Rex, y su voz se volvió mortalmente seria de repente, lo que provocó que Eddie lo mirara de reojo.

—No me puedo creer que asistiera a aquel estúpido curso de interpretación en Nueva York. Unos nacen con estrella y otros estrellados. Si no, ya tendría la victoria asegurada —se quejó.

—Quizá sí, quizá no. Te has cruzado con mucha gente. ¿Quién te dice que no vaya a aparecer en cualquier momento alguna de las otras ancianas a las que has «asesorado»?

Eddie agitó la mano en actitud desdeñosa. Rex se encogió de hombros.

—Bueno, ¿dónde está la foto de mi nueva novia?

Eddie bajó la mano izquierda para coger un sobre y se lo entregó a Rex. Dentro estaba la foto que había sacado del álbum de Lucretia.

—No está mal. Tiene toda la pinta de la chica norteamericana de la puerta de al lado: pelo rubio, pecas… A lo mejor tengo que casarme con ella.

—No hasta la semana que viene —dijo Eddie con brusquedad.

—Tranquilo. Sé que estás sometido a una gran tensión, pero, por favor, deseo que el día de tu boda sea perfecto. Tal y como lo soñaste siempre.

Eddie gruño y se rió en voz baja.

—Está bien, perdóname, Rex. —Salió de la carretera principal del aeropuerto girando a la izquierda y se dirigió hacia la zona de coches de alquiler—. Ahora, te vas a meter en uno de esos coches y conducirás hasta el rodaje de la película en las cercanías de Santa Bárbara. Allí es donde debería estar.

—¿Debería?

—¿En qué otro sitio habría de estar? Su madre le dijo a Lucretia que tenía un papel en una película cuyos exteriores se rodarían allí durante varias semanas.

—¿Eso es todo lo que sabes?

—Por ahora. Excepto el nombre de la película. Se llama *Suerte esquiva*.

—Parece que será todo un éxito.

Eddie condujo hasta la oficina de alquiler y se detuvo.

—Tienes la foto y la dirección de la oficina de la productora. Estoy seguro de que puedes encontrar a nuestra pequeña Freshness.

—Pensar en cinco millones de dólares me ilumina —dijo Rex con despreocupación mientras abría la puerta—. Chao, me mantendré en contacto. —Se apeó, pero dándose la vuelta, se volvió a sentar—. No estaría mal que vieras qué más puedes averiguar, socio.

—Seré todo oídos —prometió Eddie—. Llama para decirme que has llegado bien.

Rex golpeó juguetonamente el lateral del coche cuando Eddie se alejó camino de la casa de Lucretia con una parada previa para comprar una docena de rosas rojas.

5

Regan llegó a su apartamento de Hollywood Hills, encima de Sunset Boulevard. El pequeño complejo residencial era silencioso y tranquilo. Los pájaros gorjeaban y el sol ascendía por un despejado cielo azul.

Las maletas, todavía sin deshacer, reposaban sobre el suelo de su cómodo apartamento de dos ambientes. Metió algo de ropa en una bolsa más pequeña y recogió sus artículos de tocador. El reloj del dormitorio señalaba las nueve y dos minutos.

Cogió el teléfono y marcó el número del hotel Cuatro Estaciones. Al cabo de un instante, su madre contestaba desde el teléfono de la habitación.

—Ah, hola, Regan. ¿Cómo está Jack?

—Supongo que más o menos como anoche, mamá —bromeó—. Lo dejé en el aeropuerto esta mañana temprano.

—Me gusta —dijo Nora con solemnidad.

—Ya lo sé, mamá.

—Es una pena que tuviera que adelantar la vuelta.

—Bueno, lo necesitaban en Nueva York, y ahora tengo un caso nuevo.

—¿De verdad?

—Me voy para la zona de Santa Bárbara ahora mismo.

—¿Otra vez?

—Recibí una llamada esta mañana y me voy a buscar una chica que trabaja allí en una película.

—¿Ya has recibido una llamada?

—Sí. Y he estado en la oficina y ahora estoy en casa preparándome para salir. Sólo quería que supieras que no podré cenar con vosotros esta noche.

—Qué lástima. Wally y Bev estaban deseando verte.

Wally era el productor de un par de telefilmes basados en los libros de Nora, y Bev era su resignada y silenciosa esposa. Wally chasqueaba continuamente los dedos, por lo general para referirse a la gran cantidad de acción de sus películas, y además solía entretenerse mordiendo un palillo.

—Siento perdérmelo —dijo Regan con educación—. Algo me dice que no volveré antes de la cena. —Y explicó con rapidez las circunstancias que envolvían la desaparición de la chica.

—¿Dos millones por cabeza? —dijo Nora con un grito ahogado—. ¿Por asistir a la boda?

—Así es. ¿Cómo es que no tenemos tías así en la familia? —bromeó Regan.

—Buena pregunta. Pero no te olvides que la tía Aggie te dejó ese encantador cuchitril cuando murió. Y aquella vajilla de porcelana no la encuentras hoy en cualquier parte.

—Preferiría tener dos millones —dijo Regan con absoluta naturalidad.

—Me lo imagino —convino Nora—. ¿Así que fue una estrella del cine mudo, eh? Bueno, Regan, ten cuidado. Aquí viene papá. Te quiere saludar.

—Hola, Regan —dijo Luke efusivamente.

—Hola, papá. —Regan podía imaginarse a la perfección a sus padres desayunando en la suite del Cuatro Estaciones.

A Luke, con su metro noventa y cinco largos y un distingui-do pelo plateado que le conferían un apuesto aire a lo Jimmy Stewart; y a la pequeña Nora, rubia y de rasgos aristocráti-cos, con toda seguridad vestida con una bata de seda. Qué pareja. El director de la funeraria y la escritora de novelas de suspense, que llevaban juntos más de treinta y cinco años.

—¿Cómo está Jack? —preguntó Luke.

Regan sonrió. Y después de treinta cinco años pensaban igual.

—Muy bien, papá. Espero verte en algún momento este fin de semana, pero tengo que salir de la ciudad por un caso.

—Eso he deducido. Bueno, ten cuidado.

—Lo tendré. Os llamaré.

Cuando colgó el teléfono, Regan volvió a sonreír. Tenía suerte de tener los padres que tenía.

Ya en el coche, Regan enderezó el retrovisor, se puso las gafas de sol y encendió el motor.

«A la caza de Freshness», dijo en voz alta mientras recu-laba en la plaza de aparcamiento.

6

Regan tomó la 101, la carretera del interior, hasta Unxta, la ciudad cercana a Santa Bárbara donde se estaba rodando la película. La 101 bordeaba de manera ocasional el Océano Pacífico, y Regan no se pudo creer que justo el día antes hubiera estado disfrutando de esas vistas con Jack mientras circulaban por la carretera de la costa.

Cuando vio la señal para Unxta, abandonó la carretera. Había llamado para preguntar las direcciones y le habían dicho que la oficina de la productora estaba ubicada en el mismo hotel en el que se alojaban los actores y los técnicos. Cuando llegó a la empinada calle, dejando atrás las casas de adobe con tejados de tejas rojas, pensó en lo mucho que le gustaba aquella zona. El condado de Santa Bárbara era verdaderamente hermoso y variopinto. Las bodegas, las palmeras, los magníficos servicios, un clima templado y la proximidad tanto del mar como de la montaña lo convertían en un lugar de vacaciones o de residencia de lo más atractivo y codiciable.

Poco después de las once se detenía delante del hotel, que no tenía ni un tejado de tejas rojas ni una fachada con encanto. Sí tenía, en cambio, un letrero de neones que alardeaba de ofrecer unas habitaciones baratas con televisión por cable. Pero parecía lo bastante respetable, y el interior estaba limpio y muy cuidado. El recepcionista no parecía tener prisa por nada, pero terminó por indicarle a Regan que si doblaba la esquina y seguía el pasillo encontraría el despacho de *Suerte esquiva*.

Regan llamó con los nudillos a la puerta de la oficina.

—¡Adelante! —gritó alguien.

Bueno, bueno, ya mismo, pensó Regan mientras obedecía la orden. En el interior había cuatro mesas de trabajo situadas a escasa distancia unas de otras. Los tablones de anuncios rebosaban de listas, y una mujer enérgica e impaciente hablaba por teléfono. Colgó y se giró hacia Regan.

—¿Puedo ayudarte, cariño? —Aparentaba unos cuarenta años, pelo rubio rizado y ordinario, una gorra de béisbol, un lápiz enjaretado en la oreja y unos modales muy resueltos.

—Eso espero. Estoy buscando a Whitney Weldon.

—¿A Whitney? —Cogió una lista sujeta a una tablilla y la recorrió con el dedo—. Lo que pensaba, no trabajará hasta el lunes. —La lista volvió a caer sobre el escritorio.

—¿Tiene idea de dónde podría estar? —inquirió Regan.

La mujer la miró con incredulidad.

—¿Sabes con cuantos actores tengo que tratar? Consiguen unos días libres y, por lo general, se ponen en camino. Toda esta zona es preciosa. Unos van a las bodegas, otros a la playa, algunos se quedan todo el tiempo en su habitación, torturándose. No me preguntes. —La mujer volvió a su trabajo.

—Es un asunto familiar —le confió Regan—. La madre de Whitney necesita ponerse en contacto con ella y me ha pedido que la ayude a encontrarla. —Regan intentaba hacer que aquello sonara más importante que el hecho de que había varios millones de pavos en juego, que podría parecer algo codicioso. Aunque también, tal vez eso consiguiera que aquella tía prestara atención.

La mujer suspiró y levantó la mirada hacia Regan.

—¿Sabes lo que es hacer una película con actores caprichosos? ¡Y eso que es de bajo presupuesto! Los representantes quieren esto, los representantes desean aquello otro. No lo aguanto. A un actor no le gustó el coche con que le recogimos en el aeropuerto. ¿Te lo puedes creer? ¡Pero si ni siquiera es una estrella, si está sujeto a convenio!

Regan se rió comprensivamente entre dientes.

—¿Mucha tensión, eh?

—Tensión a tutiplén. Es ri… dí… cu… lo —lo dijo pronunciando cada sílaba con mucha calma—. Ayer el servicio de comidas sirvió unos bocadillos de ensalada de pollo que debían llevar una mayonesa podrida, porque hoy están todos enfermos. No se puede dejar la comida cociéndose al sol encima de la mesa durante horas. Veamos. ¿Qué más puede ir mal? —Se encogió de hombros y le dio un sorbo a su café—. A propósito, ¿a qué te dedicas? ¿Eres amiga de la familia de Whitney?

—En realidad soy detective privada.

La mujer miró a Regan como si la hubiera visto por primera vez.

—Ah, así que vienes realmente en serio. ¿Una taza de café?

—Me encantaría —dijo Regan, percatándose de la cafetera del rincón—. Ya me sirvo yo—. Se acercó, cogió la cafetera y vertió lo que parecía café del día anterior en una jarra de *La mañana de Imus*. Regan sonrió. Nora había aparecido en el programa radiofónico de Imus muchas veces.

—Hay leche en la nevera —le ofreció la mujer.

—Gracias —Regan se inclinó y abrió la diminuta puerta, sacó un cartón casi vacío de leche desnatada y echó la que quedaba en su jarra. Después de tirar el envase en un cubo de basura cercano se dio la vuelta, consiguiendo una vista mejor del tablón de anuncios con las fotos de los actores clavadas en el mismo. En seguida localizó a Whitney. Esa mañana, la madre de la chica le había enviado por el correo electrónico una foto de su hija. La instantánea del tablón era una foto de formato profesional de veinte por veinticinco y Whitney estaba preciosa.

Los ojos de la mujer siguieron la mirada de Regan.

—Ésa es ella. ¿Quieres una copia? Te la hago en un momento.

—Gracias —dijo Regan mientras la mujer se levantaba y quitaba la chincheta que sujetaba a Whitney.

—Vuelvo enseguida.

Mientras Regan se sentaba, pudo oír el zumbido de la fotocopiadora. Me alegro que se muestre servicial tan de repente, pensó Regan. Facilita las cosas.

Al cabo de un instante Regan tenía en la mano una foto perfectamente reproducida de Whitney Weldon en actitud dramática. En la que tenía Regan estaba sonriendo. Dos apariencias diferentes. Era probable que Whitney tuviera otras fotos propias que ofrecieran diferentes estados de ánimo: seria, cómica, alegre, excitante. Dependería del papel para el que fuera a presentarse.

—Me llamo Joanne —dijo la mujer mientras volvía a sentarse en la mesa de trabajo.

—Yo Regan Reilly.

—¿Has dicho Regan Reilly?

—Sí, eso he dicho.

—¿Nora Regan Reilly es tu madre?

—Sí.

—No me lo puedo creer. Trabajé en su última película. Mencionó que tenía una hija que era detective privada.

—¿Ah sí?

—Sí. Aquélla también la rodamos por aquí.

—Ya me acuerdo. Nunca llegué a ir al rodaje.

—Tenía bastante suspense.

—Sí que lo tenía —convino Regan.

—Dile a tu madre que Joanne le manda saludos. Lo más probable es que no se acuerde de mí.

—Ah, seguro que sí —le aseguró Regan.

—Nos reímos lo nuestro cuando estuvo aquí. Ayuda. —Bajó la vista hasta el escritorio—. Mira qué desorden.

—Sé que está ocupada —dijo Regan con rapidez.

—Siempre es así en estas películas. Luego, cuando todo se acaba, vuelves a casa y te derrumbas.

—Me lo imagino. Sólo quiero hacerle unas pocas preguntas.

—Claro. Pero no te preocupes, relájate. Bébete el café.

—Está delicioso —mintió Regan.

—Te ayudaré en todo lo que pueda, Regan. Si tengo que contestar el teléfono o alguien entra corriendo histérico por una cosa u otra, entonces tendré que parar. ¿Lo entiendes?

—Por supuesto que sí. Bueno, ¿qué puede contarme acerca de Whitney?

—Es una chica bonita, de unos veinticinco años. Lleva en el mundillo sus buenos cinco años y es una actriz divertida. Este papel es el más importante que ha tenido hasta la fecha y creo que está un poco nerviosa por eso.

—¿De verdad?

—Bueno, eso creo, así lo percibo. Quiere hacer un buen trabajo. Ayer, sus escenas no salieron muy bien, parecía como si hubiera malas vibraciones en el plató. El ayudante del director no paró de aullar a la gente para que se callaran. No fue un día estupendo.

—Así que podría haber necesitado escapar de aquí —sugirió Regan.

—Yo es lo que haría si tuviera unos pocos días libres, créeme.

Ahí afuera hay una naturaleza espléndida, pensó Regan. Y a Whitney no se la espera en casa de su madre hasta el domingo por la noche, más de cuarenta y ocho horas a partir de ahora. Podría estar en cualquier parte.

—¿Hay determinados sitios por aquí a los que suela ir la gente? ¿O alguno al que piense que pueda haber ido?

—Dijo que se había criado no lejos de aquí, así que ¿quién sabe? Esta zona es maravillosa, hay muchas cosas que hacer y todo depende del dinero que te quieras gastar. —Joanne se interrumpió y arrugó el entrecejo—. He de admitir que siento una tremenda curiosidad por saber el motivo por el que necesitas encontrar a Whitney. ¿Pasa algo malo?

Regan negó con la cabeza.

—Este domingo hay una boda familiar y su madre está vivamente interesada en que asista Whitney. Es importante.

—¿Y no lo sabía con anticipación?

—No. Se trata de una anciana tía que se acaba de prometer y que no quiere demorar la boda, así que lo ha improvisado para este fin de semana.

Joanne sonrió.

—Algo me dice que debe de tener algunos dólares.

—No sé nada al respecto —dijo Regan mostrándose evasiva.

Joanne agitó la mano hacia Regan.

—Tenía una tía a la que todos le bailamos el agua durante años. Dejó todo su dinero a un asilo de animales. No nos lo podíamos creer. No es que tuviéramos nada en contra de los perros y los gatos, pero fue ri... dí... cu... lo. Ni un simple centavo para ninguno de los que no ladrábamos ni andábamos a cuatro patas.

Regan se rió.

—Es verdad. Hoy no me mataría por ir a la boda de nadie. Menuda pérdida de tiempo. Si te quieren dejar su dinero, lo harán, y por lo general, los que tienen pasta son capaces de detectar las falsedades a un kilómetro y medio de distancia. A propósito, ¿con quién se casa?

—No lo conozco —dijo Regan con sinceridad—. Nunca he visto ni a la novia ni al novio. Mi trabajo es encontrar a Whitney.

Joanne tamborileó con los dedos en el escritorio y se reajustó la gorra de béisbol.

—¿Por qué no vienes a almorzar con nosotros? Así podrás hablar con la gente del rodaje. A lo mejor alguien puede darte una idea de adonde puede haber ido. Aquí tengo mucho trabajo y no paso mucho de lo que podríamos llamar tiempo provechoso con los actores.

—Sería magnífico —dijo Regan—. De verdad que se lo agradezco mucho. Si alguno habla con ella, pueden pedirle a Whitney que se ponga en contacto conmigo o también con su madre.

Joanne consultó el enorme reloj que llevaba en su bronceado brazo.

—Habrá un descanso dentro de una hora. Tienen previsto comer en un pequeño parque calle arriba. ¿Por qué no te reúnes conmigo allí?

En otras palabras, pensó Regan, vete, tengo trabajo que hacer.

—Fantástico —dijo. Entonces, se inclinó hacia delante y, en tono conspiratorio, susurró—: Sé que Whitney tienen una habitación aquí, en el hotel. Su madre ha estado llamándola durante toda la mañana, pero no ha contestado nadie. ¿Crees que podría echar un vistazo a su cuarto?

Joanne la miró fijamente a los ojos llena de espanto.

—Regan, no sé.

Regan se explicó en un susurro.

—Sólo quiero ver si hay algo que pudiera indicarme adonde puede haber ido. Ya sabe, un folleto, una nota, algo. Si quiere, llamaré a su madre ahora mismo para que pueda hablar con ella…

Joanne levantó la mano.

—No te molestes, te daré una llave. Guardamos copias de las de todas las habitaciones por si el actor está en el plató y se olvida algo. —Puso los ojos bizcos—. ¡Como su copia del guión! En cualquier caso, seguro que te será útil echar un vistazo por ahí. —Abrió el cajón, consultó una lista y sacó la llave de la habitación 178—. Debe de ser toda una boda —farfulló mientras se la entregaba a Regan.

7

Cuando Edward llegó a la casa, se sorprendió de no encontrar a nadie. Lucretia le había dado un juego de llaves y le dejaba que entrara solo. Las habitaciones eran tranquilas y relajantes. La casa estaba decorada en un estilo que no era el que habría escogido Edward. En silencio, rezó para que Lucretia no tardara mucho en acudir a su recompensa eterna y entonces podría salir y comprar algunos sofás masculinos de piel.

En la impoluta cocina, que daba al patio trasero, encontró un jarrón de cristal para las rosas, así como una nota con la canija caligrafía de Lucretia sobre el mostrador.

> *Querido Edward:*
>
> *Phyllis y yo hemos ido a la ciudad a hacer algunas compras. ¡Necesito un vestido nuevo para nuestro gran día! Volveremos a la hora de la comida. Ya te estoy echando de menos.*
>
> *Te ama,*
>
> *Lucretia.*

—No puedo esperar —dijo en voz alta mientras llenaba el jarrón de agua.

El teléfono de la pared sonó. Eddie alargó la mano y lo cogió.

—Hola —dijo con rapidez.

—¿Está Lucretia? —preguntó una mujer.

—No, no está.

—Soy Lilac Weldon, su sobrina. ¿Quién es usted?

Eddie tragó saliva con dificultad.

—Soy Edward. Es un placer hablar contigo.

—Ah, lo mismo digo. Estamos deseando conocerte el domingo.

—Estoy impaciente por conocer a la familia de Lucretia.

—Gracias. ¿Sabes?, la verdad es que no necesito hablar con Lucretia —dijo Lilac—. Tú me puedes ayudar. Estoy comprando un regalo especial para la boda y no tengo tu nombre completo.

Ah, Dios, pensó. Fue una buena idea que cambiara de nombre.

—Edward Fields.

—¿Algún segundo nombre? —preguntó Lilac.

—No. Mis padres no tenían mucha imaginación.

—A mi hija le encantaría que yo fuera menos imaginativa. Se llama Freshness, pero ante el mundo exterior se hace llamar Whitney.

—Ah, qué divertido —dijo con suavidad mientras se agarraba a la encimera—. He oído que es actriz.

—Sí, y ahora está haciendo una película que puede ser realmente importante para su carrera. Pero se ha ido el fin de semana. Le gusta tener días en los que estar incomunicada, pero sé que le encantaría asistir a la boda, así que he contratado a alguien que le siga la pista.

—¿Qué has contratado a alguien?

—Sí, a una detective llamada Regan Reilly. Ahora mismo la está buscando. Supongo que ya va siendo hora de que esta familia se reúna, y ésta es la ocasión perfecta. Creo que a Lucretia le agradará que asistamos todos a la boda.

—Sé que sí —dijo Eddie en una voz casi inaudible—. Estoy seguro de que se sentirá abrumada por que te hayas complicado contratando a una detective.

—Por favor, no se lo digas; quiero que sea una sorpresa. Regan la está buscando en este preciso instante, ¿y sabes qué? La va a encontrar.

—Ojalá que sí.

—¿Asistirá tu familia a la boda, Edward?

—No, no tengo familia.

—Ah, vaya —exclamó Lilac con ternura—. Seguro que estarán tus amigos; estoy deseando conocerlos.

—La mayoría de mis amigos viven en Nueva York —tartamudeando de hecho—. Todo ha ocurrido tan deprisa que no creo que pueda acercarse ninguno. Pero Lucretia y yo tenemos previsto visitarlos este verano.

—¿En qué parte de Nueva York?

—En el centro —dijo con rapidez—. Ah, tengo otra llamada en espera. Nos vemos el domingo.

—Muy bien.

Edward colgó el teléfono y cerró los ojos para recuperar el equilibrio. Sacó el móvil y marcó rápidamente el número de Rex.

—Ahora son dos las personas de las que te tienes que encargar —le informó Edward cuando Rex contestó al teléfono—. La otra se llama Regan Reilly.

8

Phyllis y Lucretia llegaron a Beverly Hills con aquélla al volante del Rolls-Royce de ésta. Phyllis también solía conducir el Rolls para su antiguo empleador. El coche había sido una de las posesiones que Lucretia había adquirido con la casa.

—¿Te gusta tu trabajo? —le preguntó Lucretia a Phyllis.

—Deje que se lo plantee de esta manera: si ganase mucho dinero en un concurso, lo dejaría.

Lucretia se rió.

—Te echaría de menos.

Phyllis miró de reojo a su patrona.

—¿De verdad? —Sintió una punzada de remordimiento por haber llamado a Lilac. No muy grande, pero una punzada al fin y al cabo.

—Sí, por supuesto. Es importante que haya gente en tu vida por la que preocuparte. Y cuando se llega a mi edad, muchos de tus amigos están muertos.

—Por eso está bien que haya invitado a su familia a la boda. La sangre es más espesa que el agua.

—En realidad no son de mi sangre, sino de la de Haskell.

—Como quiera —farfulló Phyllis mientras giraba en Rodeo Drive—. A propósito, ¿dónde está la familia de Edward?

—No tiene —contestó Lucretia con tristeza.

—¿Ninguna? Todo el mundo tiene un primo escondido en alguna parte.

—Creo que le resulta muy doloroso hablar del tema —se limitó a decir Lucretia mientras iban dejando atrás una tienda de modas tras otra.

Ah, Dios mío, pensó Phyllis mientras consultaba el reloj de pulsera. Se estaba perdiendo su concurso favorito.

En Saks, Lucretia encontró un vestido rosa bordado con cuentas y unos zapatos a juego.

—Está preciosa —le dijeron todas las dependientas.

—No podría pedir nada mejor —dijo Lucretia sonriendo a su reflejo—. Ahora busquemos algo para Phyllis.

—No necesito nada —protestó la aludida.

—Sí, sí que lo necesitas.

Quince minutos más tarde, cuando Phyllis desapareció en el vestidor con un montón de vestidos, la dependienta observó detenidamente a Lucretia mientras charlaba con ella.

—No la había visto antes. ¿Hace mucho que vive aquí?

—Viví aquí hace años —empezó Lucretia—. Fui una estrella del cine mudo. Fue una etapa tan maravillosa…

Cuando Phyllis terminó de probárselo todo, decidiéndose finalmente por un precioso traje sastre de seda para el gran día, Lucretia estaba dando fin a la historia de su vida.

—Gané un montón de millones con una punto-com y ahora me voy a casar de nuevo.

—El marido número seis, ¡que historia tan increíble! Y pensar que fue usted una estrella del cine mudo. Es un ejemplo para todas nosotras.

Lucretia sonrió.

—Esta tarde vamos a ir a sacar la licencia matrimonial, y el domingo luciré mi maravilloso vestido de Saks.

Tan pronto como Lucretia y Phyllis abandonaron la tienda con sus compras, la dependienta cogió el teléfono.

—Tengo una buena dosis de publicidad para todos… —empezó.

9

Regan entró en la 178, una habitación de hotel fea e inexpresiva con una cama de matrimonio, un pequeño escritorio, un amplio armario ropero con televisión y muchos cajones y dos mesillas de noche. Regan solía deprimirse cuando registraba alguna de aquellas desoladoras habitaciones de hotel. La visión de la colcha y las cortinas gris pardusco hacía que los niveles de serotonina de cualquiera cayeran en picado. Quizá para contrarrestar ese sentimiento, Whitney había hecho de aquel lugar algo propio. Sobre la cama había un par de almohadas bordadas, encima del escritorio aparecían algunas fotos enmarcadas, un vistoso sombrero colgaba de lo alto del armario ropero y abundaban las velas parecidas a las que Regan había visto en Estados Alterados.

No llevaría mucho tiempo echarle un vistazo.

Una puerta corrediza de cristal se abría sobre las colinas en dirección al Pacífico. Tal vez la habitación no fuera lujosa, pero la vista era magnífica.

Regan se sentó al escritorio y cogió una de las fotos. Era de Whitney y Lilac. Se parecían mucho. Otra de las fotos mostraba a Whitney de pie entre dos hombres que parecían parientes. Lilac había mencionado que Whitney estaba muy unida a sus tíos, explicando de paso que el padre de la chica era un bicho raro que se había largado siendo Whitney una niña. Nadie había sabido nada de él en años.

Regan abrió el cajón del escritorio, donde había una copia del guión de *Suerte esquiva*. En la primera página estaba escrito el nombre de Judy en rojo. Regan hojeó el libreto y advirtió que todos los diálogos del personaje de Judy estaban marcados con rotulador. Si se ha ido para pasar unos días fuera, me sorprende que no se haya llevado el guión con ella, pensó Regan.

Regan abrió un poco más el cajón y descubrió una agenda y un dietario. Abrió el último en la fecha del día y, como era de esperar, estaba en blanco. En la del domingo aparecía señalado el Día de la Madre. Un vistazo general al resto de las páginas no proporcionó ninguna otra información, pero al hacerlo se cayó un trozo de papel que había en la parte trasera del libro. Regan lo leyó: «Cosas que hacer»:

1. Comprar un buen regalo a mamá para el Día de la Madre. ¿Cerámica?
2. Crema de leche desnatada.
3. Vitaminas.
4. Tranquilizarse.

Vaya, vaya, pensó. ¿Cuándo escribiría esta lista? Una rápida ojeada al resto de los cajones no reveló nada inusitado. En el armario empotrado encontró una gran maleta vacía. Los objetos de tocador estaban en el baño, pero no había rastro ni del cepillo de dientes ni de la pasta dentífrica.

Al salir, Regan divisó una revista que se había caído entre la cama y una de las mesillas de noche: *Destinos y Entretenimientos*. En el interior halló un montón de anotaciones junto a los anuncios de restaurantes, hoteles y balnearios de la zona centro de California. «Estoy segura de que no te importará que la coja prestada, Whitney», dijo en voz alta Regan. «Sólo espero que me ayude a encontrarte.»

La radio despertador de la mesa marcaba las doce y cuarto.

Hora de comer, pensó Regan al salir de la habitación.

10

Whitney Weldon concluía una dura semana. Se había liado con el director, Frank Kapsman, y tenían que mantenerlo en secreto hasta que se terminara la película. Estaba muy preocupada por hacer un buen trabajo, y Frank también lo estaba, porque se estaban quedando sin dinero. Y su agente la había telefoneado para decirle que acababa de perder otro papel en beneficio de una actriz que, según parecía, siempre se cruzaba en su camino.

La noche anterior había conducido hasta la playa, en dirección norte, y se había registrado en un pequeño motel pegado al mar. Esa mañana, tras despertarse temprano, había paseado nerviosamente por la playa. Necesitaba concentrarse. No paraba de pensar en el seminario para profesionales del que le había hablado Ricky, uno de los ayudantes de producción. Le había dicho que el sábado habría un magnífico programa en un refugio de las colinas. Era algo parecido a un tratamiento de electrochoque y sólo para actores. Quedaban pocas plazas y le dijo que no se lo dijera a nadie más. Al principio, Whitney se había mostrado reacia, pero sus pensamientos volvían al seminario de manera incesante.

Tal vez debería ir, pensó; quizá me ayude. No tengo nada más que hacer, y Frank se va a Los Ángeles a intentar reunir dinero para la película. Whitney rebuscó en el bolso el número que le había dado Ricky. Se quedó mirando de hito en hito el pequeño trozo de papel durante unos instantes. ¿Quería ser tan vulnerable? Whitney se figuró que sería más conocida que cualquiera de los actores que hubiera allí.

Pero acababa de perder un gran papel.

Sacó el móvil del fondo del bolso, lo conectó, marcó el número del seminario y, finalmente, habló con el tipo que lo dirigía. Era director y guionista y pareció muy complacido de que se les uniera. El seminario costaría quinientos dólares y acabaría el domingo por la mañana. Sería perfecto. Colgó y no se molestó en consultar los mensajes.

«Bueno», dijo en voz alta, «he dado un paso constructivo.» Dudó si volver al hotel de Unxta y pasar allí la noche; estaba más cerca del refugio y podía coger alguna ropa cómoda. Muchos de esos tipos de seminarios lo tenían a uno sentado en el suelo todo el día.

Ni hablar, quiero seguir lejos de aquellas vibraciones. Seguiré aquí, decidió, mientras miraba fijamente las revueltas aguas del Pacífico.

11

En el parque se había preparado un completísimo bufé para el almuerzo de los actores y técnicos de *Suerte esquiva*. La mesa estaba abarrotada de todo tipo de comida, desde ensalada hasta macarrones e ingredientes para prepararse bocadillos. Las salchichas y las hamburguesas estaban en la parrilla y había fruta, galletas y dulces. Cinco minutos después de concluir el rodaje de la escena matinal, ya se había formado una larga cola en la mesa del bufé.

Regan subió la calle hasta el parque y localizó a Joanne.

—Regan, aquí —le dijo agitando la mano.

Regan se acercó a la sombreada mesa donde estaba sentada Joanne, tan sorprendida como siempre de la cantidad de gente que trabaja en el rodaje de una película. Hacía un día precioso, y todo el mundo parecía encantado de estar al aire libre. Las mesas estaban llenas y la barbacoa humeaba. Regan se preguntó cuántos vegetarianos habría en el grupo y si les molestaría el olor de la carne a la brasa.

—¿Te apetece comer algo, Regan? —preguntó Joanne.

—Gracias. Esperaré a que haya menos cola.

Una sesentona con un llamativo pelo rojo, vestida con unos pantalones elásticos negros, un blusón blanco y zapatillas de deportes, se acercó como un bólido a la mesa. Unos grandes pendientes y unas gafas desmesuradas completaban el atuendo. Regan se dio cuenta enseguida de que no se trataba de una persona tímida y modosa.

—Me llamo Molly y soy maquilladora.

—Hola, Molly.

—Joanne me ha dicho que estás buscando a Whitney. ¿Va todo bien?

—Sí, creo que sí —contestó Regan con sinceridad—. Se va a celebrar una boda familiar y quieren que esté allí el domingo, así que estoy intentando encontrarla.

Molly se subió las gafas en la nariz.

—Sé que ayer no se sentía muy feliz. —Se sentó en el banco junto a Regan—. Cuando maquillas a la gente, intimas con ella, hablas. Dijo algo acerca de que lo que realmente quería era depurar su interpretación, aprender de verdad a «dejarse llevar». No es que no sea buena ya. La verdad es que estoy convencida de que va a ser una estrella.

—¿Sabe si está tomando lecciones de interpretación? —preguntó Regan.

—Sí. Habló de sus estudios con un tipo llamado Clay Ruleman en Beverly Hills. Muchos de los actores con los que trabajo le profesan una fe ciega.

—Seguro que no habrá ido allí el fin de semana —reflexionó Regan.

—Podría ser. El sábado tiene una clase.

—Vale la pena comprobarlo —dijo Regan.

—A Whitney también le gusta hacer excursiones. Lo encuentra muy relajante.

Ah, fantástico, pensó Regan. Encontrar a un excursionista en California es como buscar una aguja en un pajar.

Aparte de esto, a lo largo de un perrito y un refresco de cola, de lo único que pudo enterarse Regan es que en el bar del hotel era donde la gente de la película solía reunirse para tomar una copa. Whitney se había pasado un par de veces para beber un copa de vino, pero siempre se iba a la cama temprano. Era evidente que le preocupaba hacer un buen trabajo en la película —era su primer papel protagonista— y se había ido fuera durante el fin de semana para relajarse.

Regan repartió un sinfín de tarjetas de visita con su número de móvil.

—Si alguien la ve o habla con ella, por favor, díganle que me llame —pedía según las entregaba.

De vuelta en el coche, cogió el móvil y se informó del número del estudio de Clay Ruleman. Un minuto después, se enteró de que ese sábado no había clase. Clay estaba fuera de la ciudad.

Regan encendió el motor y dejó atrás la casa donde se estaba filmando la película. En su interior, Frank Kipsman almorzaba solo. Ignoraba por completo que Regan estuviera buscando a Whitney.

12

Rex había alquilado el menos llamativo de los cuatro por cuatro con las lunas tintadas más oscuras que permitía la ley. Habría preferido un descapotable para poder absorber algunos rayos solares, pero sabía que en ese trabajo había que hacer todo lo posible para pasar desapercibido. Al enfilar la carretera de Unxta, empezó a sentir una ligera inquietud. Cinco millones de dólares. Eso es lo que obtendría si mantenía alejada a Whitney Weldon hasta después de la boda del domingo.

Soltó una risita nerviosa. Vaya, qué suerte había tenido Eddie. Aquel era el mejor negocio de la historia; y qué potra que la vieja Lucretia hubiera hecho tanto dinero con la punto-com. Si no se hubiera retirado a tiempo, habría perdido toda la inversión, como tantos otros que habían metido su dinero en la empresa. Rex no podía creerse que Eddie solamente hubiese sido contratado para encontrar inversores… uno de sus escasos trabajos honrados. ¿Quién iba a imaginarse que conseguiría semejantes beneficios mientras que, a esas alturas, los linces que le habían contratado estaban totalmente hechos polvo? Espera a que averigüen que Eddie está a punto de aprovecharse del chollo de manera permanente, y todo gracias al negocio que se les ha ido al traste.

Rex se pasó la mano por el pelo y suspiró. ¿Cuántos años tendría que esperar Eddie antes de que Lucretia estirase la pata? Demonios, por otros cinco millones él se encargaría del asunto.

Tardó menos de dos horas en llegar a la ciudad de Unxta y se dirigió directamente al hotel que albergaba las oficinas de la productora de *Suerte esquiva*. Comeré algo rápido en el hotel y veré qué puedo averiguar, pensó. Pero cuando estaba a punto de meterse en el aparcamiento del hotel, Rex se fijó en el tráiler de uno de los camiones de la película aparcada calle arriba.

Dirigió el cuatro por cuatro a la parte alta de la manzana.

—Alguien ha organizado una comida campestre —susurró mientras asimilaba los detalles del tinglado del parque. Aparcó en la plaza más cercana, bajó la ventanilla y apagó el motor. Lo hizo a tiempo de oír cómo una mujer con una gorra de béisbol le decía a otra que una tal Regan Reilly se acercaría por allí a la hora de la comida y que estaba buscando a Whitney Weldon. No se podía creer su buena suerte. Regan Reilly era la detective privada.

Esperaré a que aparezca, pensó, luego la seguiré y veré qué hace para encontrar a Whitney. Y si lo consigue, entonces las pescaré a las dos. Whitney Weldon y Regan Reilly tenían que desaparecer juntas. Rex se rió. La verdad es que el viejo Eddie mataría dos pájaros de un tiro.

A los pocos minutos, apareció una joven morena que resultó ser Regan Reilly. Rex salió del coche y se sentó en un banco próximo a la acera, lo más cerca posible del lugar donde Reilly estaba comiendo. Cuando abandonó el parque, Rex se metió en el coche y la siguió. No pensaba perderla de vista.

13

Regan se sentó en el coche y hojeó el ejemplar de *Destinos y Entretenimientos* que había cogido de la habitación de Whitney. Era una revista de viajes local que promocionaba hoteles, restaurantes, actividades recreativas y playas. El condado de Santa Bárbara tenía ciento sesenta y seis extraordinarios kilómetros de costa. Whitney había marcado con un círculo la sección sobre las playas y junto a cada una de las mencionadas había puesto signos de exclamación. Esto sí que reduce las posibilidades, pensó Regan, e hizo una mueca. Frustrada, depositó la revista en el asiento.

En el aparcamiento del hotel reinaba el silencio. Era media tarde, el momento más caluroso del día en el que los niveles de energía caían en picado. Regan recordó que durante los veranos de su infancia chapoteaba toda la tarde en la piscina local y nunca se cansaba. De adulto, uno tiene que seguir adelante con el calor del día. Sería bonito sentarse a la sombra con un buen vaso de limonada, pensó.

Sacó su bloc y empezó a tomar notas. Whitney estaba preocupada por su actuación; deseaba depurar su capacidad interpretativa. Su madre había dicho que durante esos fines de semana le gustaba deambular sola; dejarse llevar por la corriente. Regan había intentado hacer eso un par de veces, pero siempre terminaba yendo a su apartamento y llamando a alguna amiga para cenar juntas. Ya solía pasar bastante tiempo sola trabajando en sus casos. Y después de crecer como hija única, Regan prefería estar sola en su apartamento antes que en la carretera, donde todos los demás parecían ir en grupo.

Pero si alguien quería estar solo, ¿a dónde iría?

Tenía el pálpito de que Whitney se habría dirigido a la playa.

Encendió el motor, salió del aparcamiento y se encamino de nuevo hacia la carretera. Whitney habrá ido al norte, pensó. Allí es donde tenía que acabar el domingo, así que lo más probable es que no hubiera vuelto en dirección a Los Ángeles.

Regan escogió la Ruta I, parándose en una docena de hoteles y moteles a lo largo del camino. Ninguno de los huéspedes registrados en ellos era Whitney Weldon. Empezó a hacer una lista detallada y llamó a Lilac para decirle que quería acercarse para que ella y sus hermanos la ayudaran llamando a todos los hoteles y moteles relacionados en la revista de viajes.

A las cinco de la tarde Regan se encontró de nuevo viajando por el camino lleno de baches de la bodega. Cuando llego todo estaba en silencio. Lilac, detrás del mostrador de la recepción del hotel, se levantó para recibir a Regan y, una vez más, su blusa de campesina, la falda larga y suelta y las toscas sandalias le conferían el aspecto de la Madre Tierra.

—Vaya, me alegro de que esté aquí, Regan. Earl y Leon se mueren de ganas de conocerla. Voy a buscarlos.

Lilac salió corriendo y Regan tuvo la oportunidad de mirar más a conciencia que en la víspera. El pabellón principal era, a no dudarlo, magnífico. De un aire rústico, tenía

grandes ventanas con vistas a los viñedos y a las suaves colinas; unas puertas de cristal se abrían a una gran terraza. Los
dormitorios estaban situados en uno de los extremos del
pasillo de la recepción, y el comedor, en el otro.

Al cabo de diez minutos, Regan, Lilac, Leon y Earl estaban sentados en la terraza posterior con unos vasos de limonada en las manos.

—¿Está segura de que no quiere probar alguno de nuestros vinos? —preguntó Leon—. Tenemos un excepcional
pinot noir y un maravilloso y aterciopelado chardonnay.

—Más tarde —prometió Regan.

Los dos hermanos parecían pertenecer a tipologías totalmente opuestas. Leon llevaba unos vaqueros ceñidos y una
camiseta y su aspecto era de machote. Tenía la piel muy cur-
tida, el pelo oscuro y lucía un bigote bastante poblado. Su
cuerpo musculoso y compacto sugería que pasaba mucho
tiempo haciendo ejercicio físico. Por su lado, Earl era alto,
delgado y anguloso. Llevaba la cabeza afeitada y se vestía con
lo que podría haber pasado por un pijama de malla de algodón y unas chancletas.

Es sorprendente, pensó Regan, como de los mismos
padres salen tipos tan diferentes. Se preguntó a quién se
habrían parecido su hermana o hermano de haberlos tenido.

En lo que no había error posible era en que, en su
momento, Lilac había sido hippy. Con su pelo largo, lacio y
rubio salpicado de gris y la ausencia de maquillaje parecía
sacada de un anuncio de cereales integrales. Su belleza era de
otro mundo. Regan podía imaginársela veinticinco años
atrás imponiendo a su hija recién nacida el nombre de
Freshness. Los tres hermanos, ya cincuentones, habían naci-
do en la posguerra mundial.

73

—Es bastante sorprendente —dijo Regan—. Que los tres vivan y trabajen juntos.

—Siempre soñé con tener una bodega —le dijo Leon—. Me gusta trabajar la tierra.

—Ajá. —Regan asintió con la cabeza.

—En Italia, nuestro abuelo hacía el vino en la bañera. Por lo que sé, no ganó ninguna medalla por el sabor, pero a él le gustaba. Cuando mi madre se vino a este país con mi padre, a quien conoció durante la Segunda Guerra Mundial, no paraba de enviarle fotos de los viñedos de California a mi abuelo de Italia. Antes de morir, el abuelo vino de visita dos veces, y todavía puedo oírle decir: «Leon, lo mejor que puede hacer uno es trabajar la tierra. Sentir la tierra en los dedos».

Las uvas entre los dedos de los pies, pensó Regan.

—El problema es que yo trabajaba de podador y ganaba bastante dinero. En esa época estaba casado, tenía una esposa que mantener y carecía del dinero suficiente para comprar un viñedo decente. Entonces, hace unos pocos años, vi un letrero que anunciaba que se iba a subastar este lugar. Se decía que estaba embrujado. No es muy grande, pero salió barato. No me lo podía creer. Pero yo solo no podía arreglarlo, así que convencí a mi hermano y a mi hermana para que invirtieran conmigo. Cuando murieron nuestros padres, heredamos un poco de dinero.

Earl y Lilac le sonrieron.

—Earl se encarga del tema de la meditación, y Lilac dirige la tienda de regalos y las catas y el alojamiento rural. Queremos que este lugar sea una bonita bodega-tienda un poco diferente, una especie de sitio «alejado del mundanal ruido», ¿sabe lo que quiero decir?

Regan asintió con la cabeza.

—Pero eso cuesta mucho dinero. Debemos algunos impuestos, el equipamiento, que se suponía de calidad, se ha estropeado, los muebles son caros… Queremos arreglar el granero y las lindes de la propiedad, que están llenas de porquería. Y a una bodega vecina le ha sentado mal que este lugar haya reanudado su actividad.

—¿De verdad? —preguntó sorprendida Regan.

—Así es. Al norte, en el valle de Napa hay montones de bodegas, pero reciben montones de turistas, así que funciona muy bien. Pero incluso ellos están teniendo problemas. Los ecologistas no quieren que se talen más árboles para plantar viñedos. Hay quien piensa que Napa se está haciendo demasiado popular para su propio bien. El estado de California produce un excedente de vino que hace caer los precios.

—No había caído en la cuenta —dijo Regan.

Leon hizo un gesto con las manos.

—¿Y qué vas a hacerle? Sigo encantado de haber comprado este sitio. Esta comarca vitivinícola no tiene tanta fama, y así es como nos gusta que sea. Estados Alterados es perfecto para nosotros. Pensamos que, con el tiempo, deberíamos construirnos nuestras propias casitas de campo en la propiedad. Así, si alguno de los tres se casa alguna vez, tendremos intimidad.

—Es más fácil que salga el sol por el oeste —terció Earl—. La tasa de divorcio en esta familia supera la media nacional.

Regan se rió entre dientes.

—¿Concurrieron muchos postores a la subasta?

—No. Eso fue lo sorprendente. Pensé que habría más.

—Y ahora que ya tienen las cosas en marcha… —Regan se detuvo a mitad de frase cuando Earl se puso de pie y se dobló hasta tocarse los dedos del pie. Los otros ni siquiera parpadearon.

Earl se incorporó y empezó a estirar los brazos.

—Se dice que el vino favorece el bienestar, ayuda a la digestión y apacigua el espíritu. Igual que la meditación. Ése es el motivo de que aquí ofrezcamos las dos cosas.

—Suena bien —dijo Regan.

—Mi hermano y yo somos diferentes —continuó Earl mientras hacía girar la cabeza en medios círculos adelante y atrás.

—Siéntate, Earl —dijo Leon con brusquedad.

Earl se sentó en el suelo y adoptó la posición del loto.

Leon miró a su hermano con hostilidad. Parece como si quisiera matarlo, pensó Regan. Siempre se dice que no resulta fácil que las familias trabajen juntas en el mismo negocio.

—Aquí somos felices —dijo Lilac en un evidente intento de suavizar las cosas—. Los tres somos diferentes, pero pensamos que sería magnífico honrar a nuestro abuelo y formar una especie de comuna. En Italia, cuando mi abuelo era pequeño, las familias vivían juntas en pequeños pueblos. No tenemos eso aquí, pero se nos ocurrió que podríamos fundar uno. Nuestros huéspedes y amigos son los habitantes del pueblo.

Regan pensó que no era sorprendente que Whitney se largara los fines de semana.

El reloj de pulsera de Earl pitó. Desplegó las piernas, se levantó y anunció:

—Hora de tomarse un batido vitamínico.

—Espera un rato —insistió Leon—, acabemos la reunión. Es importante para el futuro de este lugar que encontremos a Whitney.

Earl asintió con un movimiento de cabeza casi imperceptible. De algún modo, Regan no creía que Earl fuera de mucha ayuda para Leon en los viñedos; y, de alguna manera, era incapaz de imaginarse a Leon en una sesión de meditación. No, Leon era del tipo práctico y activo, y Earl, del espiritual, con la cabeza siempre en las nubes. Lilac participaba un poco de ambos tipos.

—Por lo que me dijo Lilac, pueden llegar a conseguir mucho dinero por presentarse en la boda de Lucretia.

—Es de lo más increíble —dijo Leon con contundencia—. ¿Por qué no nos da el dinero sin más?

—Leon —le cuestionó Lilac—, ¿por qué habría de hacerlo? Nunca nos hemos preocupado por ella.

Leon se volvió hacia Earl.

—Ojalá no hubieras alentado nunca los fines de semana de dejarse llevar por la corriente de Whitney. Deberíamos poder estar en contacto con ella en todo momento.

—Necesita espacio —se limitó a decir Earl.

—Muy bien —terció Regan con rapidez—. He ido al rodaje de la película. Deduzco que Whitney estaba algo preocupada por el trabajo que ha estado realizando esta semana.

—Es una actriz muy buena —la interrumpió Lilac—. Muy divertida.

—Eso tengo entendido —dijo Regan—, y este papel puede ser decisivo en su carrera. En cualquier caso, se ha marchado del rodaje el fin de semana, y nuestro objetivo es conducirla a la boda del domingo por la mañana en el jardín de Lucretia. Lo que me gustaría es que empezáramos a telefonear a los hoteles y moteles de Santa Bárbara y comprobar si se ha registrado en alguno.

Earl consultó su reloj de pulsera.

—Mi hora diaria de silencio es de seis a siete de la tarde.

—Entonces te puedes dedicar a buscar en las páginas amarillas y en las guías turísticas durante ese tiempo y hacer una lista de hoteles para que llamemos nosotros.

—Eso sí puedo hacerlo.

Aleluya, pensó Regan.

—¿Tienen huéspedes a los que atender este fin de semana? —preguntó al trío.

—No —dijo Lilac con una sonrisa—. Iban a venir tres parejas desde Nueva York para una boda, pero a la novia le entró miedo y la suspendió, así que llamaron para anular las reservas. Usted y su amigo, Jack Reilly, habrían estado aquí solos con nosotros.

Vaya, cuanto me gustaría que estuviera aquí, pensó Regan. Estaba impaciente por hablar con él. Jack era el que había encontrado Estados Alterados en alguna guía de viajes poco conocida.

—Tengo que ir al coche a coger algunas cosas —dijo Regan. De paso, haría una llamada rápida a Jack.

—Nos encontraremos en la oficina dentro de cinco minutos —sugirió Lilac—. Allí hay varias líneas de teléfono.

—Vuelvo enseguida —anunció Regan mientras se levantaba y pasaba por encima de las ya extendidas piernas de Earl. Este tipo tiene todo el potencial para ser un auténtico incordio. Es culpa de la gente como él que los demás necesitán hacer meditación.

—Perdón —dijo Earl, y encogió las piernas casi haciendo tropezar a Regan en el proceso.

—No importa —contestó, recuperando el equilibrio. Estuvo a punto de echarse a reír. De repente, se alegró de que, por lo menos, durante la próxima hora Earl no fuera a abrir la boca. Era una lástima que, además, no pudieran atarlo.

Si Jack estuviera allí, le divertiría tanto la situación. Le diría que era culpa suya por haber comprado aquella guía de viajes. Acelerando el paso, echó a correr hacia el coche.

14

Lucretia regresó a casa tan atolondrada como una colegiala.

—No puedes ver mi vestido —gritó a Edward—. Es una sorpresa.

—Te pongas lo que te pongas, sé que estarás preciosa —le aseguró Edward.

Estaba en el patio trasero tomando el sol junto a la piscina.

—Quiero tener un buen bronceado —explicó—, para ser tu apuesto novio.

—Sé que harás todo lo que esté en tu mano para estar guapo el domingo —le dijo Lucretia en voz baja—. A mis ojos lo estarás.

Eddie se sintió ofendido por el recordatorio, pero se consoló con el pensamiento de más de cincuenta millones de dólares.

Al otro lado de la verja, en el patio contiguo, la antigua estrella cinematográfica Charles Bennett estaba cuidando sus rosas. Echó una rápida ojeada y vio a Lucretia sentada allí con Edward. A Charles no le gustaba ni un pelo el aspecto de aquel jovenzuelo. Después de hablar un par de veces con Lucretia por encima de la verja, ella le había llamado para invitarlo el domingo a la boda.

Aquella boda tan rápida parecía muy sospechosa. Lucretia era una dama encantadora, unos años mayor que

Charles, y parecía estar cautivada por aquel Svengali. No estaba bien, pero no era asunto suyo; así que volvió a sus rosas.

—Tenemos que ir al centro y sacarnos la licencia matrimonial —recordó Lucretia a Edward—. Pero, primero, Phyllis nos preparará un ligero refrigerio.

Comieron en la cocina sentados en los taburetes, los diminutos pies de Lucretia colgando en el aire. Phyllis había apagado el televisor a regañadientes cuando le tocó servirles los bocadillos.

—¿No tienes ningún amigo al que quieras invitar a la boda? —le preguntó Lucretia a Edward.

—Voy a estar tan nervioso —le dijo Edward—, que prefiero organizar una gran fiesta dentro de un mes o dos, una vez que nos hayamos instalado. Así podremos mostrar al mundo lo maravillosa que es la vida de casados.

A Phyllis casi le dio arcadas mientras les servía té helado en los vasos.

—Siempre me ha gustado hacer grandes bodas —dijo Lucretia—. Mis primeras tres fueron tremendamente ceremoniosas, con cientos de invitados, aunque debo admitir que las del último par fueron tranquilas. Tengo que dar un último repaso al servicio de comida y bebidas. He invitado a unos pocos vecinos.

—¿Eso hiciste? —preguntó Edward aparentemente inquieto.

—Sí, querido. ¿Por qué no?

—No los conocemos.

—Bueno, ahora los conoceremos. Son nuestros vecinos y quiero gritar al mundo que nos casamos e invitar a todos a nuestra fiesta.

Edward sintió el peor ataque de dolor de estómago de su vida.

—Y espero que puedan venir los muchachos.

—Algo me dice que vendrán —afirmó Phyllis con total naturalidad.

—¿De verdad lo crees? —dijo Lucretia alegremente.

—Estaría dispuesta a apostar por ello.

Edward la miró con hostilidad y se volvió hacia Lucretia.

—Si estas lista…

Lucretia saltó del taburete.

—Vamos.

Un equipo de televisión estaba esperando en las dependencias del Registro Civil de Beverly Hills.

—¿Lucretia Standish? —le preguntó una reportera.

—Yo misma —dijo Lucretia con una sonrisa, a todas luces disfrutando de la atención.

—Soy de los informativos de la GOS. Estamos haciendo un reportaje sobre las parejas especiales que se casan en mayo. Nos hemos enterado de que hoy se ha comprado el traje de boda en Saks. ¡Felicidades!

—Gracias —contestó una radiante Lucretia mientras posaba para la cámara.

—También hemos oído que hizo una fortuna invirtiendo en una punto-com, así que en esta etapa de su vida no sólo es afortunada en el juego sino también en el amor.

—¡Estoy tan enamorada! Y éste es mi prometido… —Lucretia se giró a la derecha.

Edward se había ido; había desaparecido pasillo adelante.

Lucretia se volvió de nuevo hacia la reportera.

—Es tan tímido. Es la primera vez que se casa. Mi sexta boda y la primera suya.

—Qué historia tan fantástica.

—¡Es maravilloso! —dijo, exultante, Lucretia—. ¿Cuándo saldrá en antena?

—En las noticias de esta noche y lo más probable es que volvamos a pasarlo el fin de semana.

—¿Les gustaría asistir a la boda? —preguntó Lucretia—. Es el domingo a mediodía, en el jardín de mi casa. Va a ser una ceremonia encantadora.

—Allí estaremos —le aseguró la periodista al tiempo que escribía la dirección—. Pero, ahora, nos gustaría hacerle unas pocas preguntas sobre cómo supo que tenía que vender sus acciones de la punto-com antes de que quebrara y cuándo se dio cuenta de que estaba enamorada.

—Bueno, verá —empezó Lucretia, atusándose el pelo—. Siempre supe que estaba predestinada a ser millonaria…

15

El joven ayudante de producción se sentía como si se quisiera morir. Ricky tenía la sensación de que la intoxicación alimentaria le había privado de lo que le parecían todos sus fluidos corporales. Nauseabundo y desdichado, se aferraba a su cama del hotel.

Según parecía, sólo había habido dos bocadillos en mal estado. ¿Cómo me las arreglé para coger uno de los dos?, se preguntó con abatimiento. Alargó la mano para coger el vaso de la mesilla de noche y llevarse lentamente la ya caliente cerveza de jengibre a los labios. Con delicadeza, con mucha delicadeza, bebió un sorbo: sabía que su organismo no podría soportar grandes sacudidas, e incluso un sorbo de cerveza de jengibre podía resultar peligroso.

El teléfono —en ese momento a escasos centímetros de su cabeza— sonó. El estruendoso y penetrante sonido llevó su dolor de cabeza a cotas insoportables. Descolgó el auricular lo más deprisa que pudo.

—Hola.

—¿Ricky?

—Sí.

—Soy Norman. Tu voz suena fatal.

—Es que me siento fatal. Comí algo en mal estado y debo de tener una intoxicación alimentaria.

—Odio esas cosas.

—Yo también. —Ricky cerró los ojos y mantuvo la mano en la frente.

—Escucha, quería darte las gracias. Me llamó Whitney Weldon y va a venir al seminario mañana.

—Fantástico. Me debes cien pavos. No me sorprende que te llamara.

—¿Por qué?

—Por muchas razones. Ella y el director, un tipo llamado Frank Kipsman, tienen un lío. Lo cierto es que ella desea hacer un buen trabajo en la película del tipo, y quiere estar segura. Además, sorprendí por casualidad una conversación entre los dos. Se les ha acabado el dinero, lo cual es fatal. La verdad es que ésta sería una buena película de lanzamiento para ambos. Realmente Kipsman está sometido a una gran tensión.

—¿Y se les ha acabado el dinero, dices?

—Ajá. Tenían lo suficiente para empezar el rodaje y algo más que falta por llegar. Si no consiguen más dinero pronto, tendrán que suspender. Creo que Kipsman iba a ir este fin de semana a Los Ángeles para intentar reunir dinero. La verdad es que nadie sabe que Whitney está liada con Kipsman, y nadie sabe lo mal que está la situación financiera.

—Excepto tú.

—Ya me conoces… me gusta estar atento. Oí cómo Kipsman le decía a Whitney que se iba durante el fin de semana. Por eso pensé que estaría interesada en el seminario.

Norman suspiró al otro lado de la línea.

—¿Así que está liada con Kipsman, eh?

—Tiene toda la pinta. Ella le dijo que ojalá tuviera dinero para darle y poder salvar la película.

—Qué romántico.

—Sí.

—Muy bien. Bebe cerveza de jengibre. Si encuentras a alguien más que quiera conseguir seguridad en sí mismo este fin de semana, envíamelo para aquí enseguida.

—A cien pavos por cabeza.

—Tienes el cheque en el correo. —Norman colgó.

Ricky se dio la vuelta sobre el costado y asumió la posición fetal. A Dios gracias es viernes, pensó, no tendré que levantarme de esta cama en tres días.

16

Regan salió camino del coche, su despacho rodante, y llamó a Jack. Acababa de salir de la oficina.

—Te echo de menos —dijo Jack con una voz llena de cariño—. ¿Estás en casa?

—No —contestó Regan sonriendo.

—¿En el coche?

—Bueno, sí, pero no está en movimiento.

—¿Has tenido una avería? Me gustaría ayudarte, pero estoy a casi cinco mil kilómetros de distancia.

—No tengo una avería; y no me recuerdes lo lejos que estás.

Jack se rió.

—¿Se supone que debo seguir adivinando dónde estás? ¿Es el juego de las Veinte Preguntas?

Regan se rió entre dientes.

—No te seguiré teniendo sobre ascuas. —Carraspeó y bajó la voz—. Estoy sentada en el camino de acceso a la bodega en la que casi nos quedamos anoche.

—¿Me tomas el pelo? —dijo Jack—. ¿Tanto me echas de menos que has tenido que volver?

—He tenido que volver y recuperar nuestros fugaces momentos juntos.

—¿Al final te cobraron el alojamiento y decidiste utilizarlos?

—¡No! En realidad, me van a pagar por quedarme por aquí.

—¡Qué dices, cariño! —Jack lo dijo mientras una amplia sonrisa se extendía por su rostro. Cuando Regan hubo terminado de explicárselo, se limitó a sacudir la cabeza y a reír—. Supongo que es culpa mía por encontrar Estados Alterados en aquella guía. Pero verdaderamente me sorprendes. Me paso todo el día en un avión pensando que sigues tomándotelo con calma, y hete aquí que vuelves al trabajo y a la carretera.

—Si nos hubiéramos quedado anoche, es probable que estuviéramos trabajando en esto juntos.

—He de decir que es un caso inusitado tanto para ti como para mí… encontrar a alguien para que pueda ir a una boda y conseguir dos millones de dólares.

—Ya sé que no es un asunto de vida o muerte —dijo Regan—, pero para toda esta gente el dinero es muy importante.

Jack sintió una punzada de desasosiego.

—Debo decir que no me gusta cuando dices que no es un asunto de vida o muerte. Me hace pensar que, de alguna manera, se convertirá justo en eso.

—Estaré bien —le aseguró Regan—. Pero hazme un favor, si no te importa. Mira a ver si puedes averiguar algo sobre Lucretia Standish. Tengo el pálpito de que podría resultar de ayuda.

—Lo haré —dijo Jack cuando oyó una llamada en espera en su teléfono—. Hablaré contigo más tarde. Ten mucho cuidado.

Regan sonrió. Jack siempre estaba preocupándose por ella. Era bonito.

—Lo más excitante de mi vida me lo proporcionas tú —le dijo.

—Entonces, sigamos así.

17

Whitney se sentía en un estado de permanente inquietud. Después de pasear durante horas por la playa, volvió a la habitación del motel y abrió el grifo del agua para tomar un baño. Vertió unas sales de baño especiales de aromaterapia relajante que le había dado su madre y entonces se volvió para mirarse en el espejo. *Parezco cansada; demasiada preocupación: por mi interpretación, por Frank, por la suspensión del rodaje.*

Deseó haber podido ir a Los Ángeles con Frank, pero era demasiado pronto para que se les viera juntos. Habían conectado cuando él la seleccionó para la película. Frank no quería habladurías en el rodaje, que se dudara de su seriedad, que se pensara que sólo era una aventura. Ya estaba sometido a bastante tensión y no necesitaba más.

En esencia, para ellos era el típico romance de oficina que tenía que mantenerse en silencio. Sólo el escenario era diferente.

Caray, pensó Whitney mientras se introducía en la bañera humeante y empezaba a relajarse. *Dicen que la mejor manera de conocer a alguien es en el trabajo. En realidad, el papelón para una pareja es encontrar el lugar seguro. Si rompes, se convierte en un asunto engorroso, sobre todo si tienes que cruzarte con esa persona todos los días.*

La bañera no era de las más grandes, pero tenía la suficiente capacidad para cumplir su cometido. Whitney cerró los ojos y empezó a repasar mentalmente todos los asuntos. *Suerte esquiva*. Vaya título para una película; sólo esperaba que no resultara profético. No, Frank conseguiría el dinero para acabar la película.

Durante quince minutos se refociló en el agua caliente y burbujeante. Aquí estoy, en otro de mis fines de semana de «dejarse llevar por la corriente», pensó. Pero, de alguna manera, no se sentía bien; no deseaba estar sola. De repente, se levantó y alargó la mano para coger una de las finas toallas blancas que parecían tan suaves y sedosas como un cartón aplastado. Se secó a toda prisa y se vistió con unos vaqueros y un jersey de algodón. Eran casi las siete y tenía que tomar una decisión.

Me marcharé de aquí hoy mismo y me iré a la bodega. Tengo ganas de estar con mi madre y quienquiera que esté allí. Tomaremos una copa de vino y charlaremos, y sé que me sentiré mucho mejor. Y mañana, me levantaré temprano y acudiré al seminario; no está muy lejos de Estados Alterados.

Metió sus cosas en una bolsa y echo una ojeada por el cuarto para asegurarse de que no se olvidaba nada.

En caja, el recepcionista la miró con extrañeza.

—Creía que se quedaría hasta mañana —dijo, escudriñándola a través de las gafas.

—He cambiado de planes.

—De todos modos, le tengo que cobrar esta noche, porque ha dejado la habitación después de las doce y, ya sabe, podría haberle dado la habitación a otra persona.

—Está bien.

—¿No la he visto en alguna película? —prosiguió el recepcionista, arrugando el entrecejo por la concentración—. Diría que sí.

—He hecho algunas películas —contestó Whitney, ansiosa porque le cobrara de una vez.

—¡Ya sé! Hacía un papel muy divertido… Estoy intentando recordar el título de la película.

—Suelo hacer comedias —dijo Whitney con toda la cortesía de la que fue capaz.

—¿Me firma un autógrafo? —preguntó al tiempo que le entregaba una hoja de papel con el membrete del hotel.

—Claro. ¿Cómo se llama?

—Herman.

Whitney garabateó un «A Herman, con mis mejores deseos. Whitney Weldon», y le devolvió el papel.

El recepcionista lo examinó con ojos de miope.

—¿Podría poner la fecha de hoy?

—Por supuesto.

Mientras escribía la fecha, el recepcionista cogió la tarjeta de crédito e imprimió la factura. Cuando Whitney firmó el recibo, bromeó:

—Ahora tengo su autógrafo dos veces, pero creo que la compañía de la tarjeta de crédito desea ésta más que yo. —El recepcionista empezó a reírse resollando y resoplando, lo que, en un principio, la irritó. Al continuar riéndose, Whitney se contagió de la risa, animando al recepcionista a repetir la gracia.

—Ajá, desean su autógrafo más que yo —dijo por tercera vez.

Tardó una eternidad en doblar la factura y meterla en un sobre.

—Vuelva a vernos, señorita Weldon. Muy pronto será una gran estrella cinematográfica y podré decir que la conocía antes de triunfar.

A esas alturas, Whitney no veía el momento de salir corriendo de allí.

—Gracias —dijo mientras cogía la bolsa y salía por la puerta como el alma que lleva el diablo camino del aparcamiento.

El recepcionista sonrió para sí y, entonces, se percató de repente que no le había devuelto la tarjeta de crédito. Caminando con dificultad, fue tras sus pasos todo lo deprisa que pudo, pero cuando salió al aparcamiento era demasiado tarde. No había rastro de ella. Se había ido, bien en un sentido, bien en el otro, de la carretera de la costa.

—Tich, tich, tich —dijo en voz alta el recepcionista—. Bueno, es una lástima—. Volvió a entrar en el motel, encontrando el vestíbulo tan vacío como antes. El timbre del teléfono rompió el silencio, y corrió hacia el aparato para contestar.

—Motel Aguas del Pacífico —contestó en un tono entusiasta y alegre—. ¿Qué? —dijo al cabo de un instante—. Bueno, no se lo va a creer. Acaba de pagar no hará más de dos minutos… No, se ha ido. He intentado salir tras ella; se ha dejado la tarjeta de crédito. ¿No es una lástima? La verdad, ha sido culpa mía, que no se la devolví. Si vuelve, puede tener la seguridad de que le diré que la ha llamado su madre. A propósito, es una actriz estupenda.

Al otro lado de la línea telefónica Regan transmitió la noticia al grupo. Lilac y Leon gruñeron, mientras que Earl torció el morro: todavía no eran las siete, así que no le estaba permitido ningún sonido.

—Se acaba de marchar —grito Lilac—. No me lo puedo creer.

Leon golpeó la mesa con el puño y luego miró a Earl con furia. Regan sabía lo que estaba pensando: que si durante esa hora Earl hubiera estado ayudando con las llamadas de teléfono, habrían llegado al motel antes de que Whitney hubiese pagado la cuenta.

—Ahora no sabemos hacia donde se dirige. Puede incluso que se encamine a alguno de los sitios a los que ya hemos llamado —gritó Lilac con desesperación—. Tendremos que empezar de nuevo.

—También podemos interrumpir las llamadas por el momento —dijo Regan—. Ahora está en la carretera, y supongo que debe tener planeado conducir al menos cierta distancia, o no se habría ido.

—Quién sabe a dónde se dirige —dijo un indignado Leon.

El reloj de pulsera de Earl pitó.

—Las siete —proclamó mientras se reincorporaba a los hablantes del mundo—. Creo que la encontraremos. El universo nos la enviará.

—Telefonearé de nuevo al recepcionista y le pediré que se asegure que de cualquiera que se quede de servicio este fin de semana sepa que es vital que Whitney llame a casa. Confiemos en que se ponga en contacto con ellos por lo de la tarjeta de crédito —dijo Regan intentando ser positiva.

Como fuera que Lilac asintió con la cabeza, encendió el televisor de la oficina. Estaban empezando las noticias, anunciando a bombo y platillo los titulares del día.

«Y más tarde», decía el presentador, «les hablaremos de la boda de mayo. Es un gran mes para casarse, y tenemos un reportaje sobre un romance especial entre la primavera y el invierno. Señoras, ¡no se lo pierdan! Les presentaremos a una mujer que fue una estrella del cine mudo, Lucretia Standish, que se casa por sexta vez con un hombre mucho más joven.»

—Ah, Dios —grito Lilac—. ¡Miradla!

Un hombre mucho más joven, pensó Regan. ¿Cuánto más joven?

—Si se va a casar con un tipo más joven —advirtió Leon con sagacidad—, él controlará el dinero. Podemos irle diciendo adiós a cualquier posibilidad de conseguir esos millones si no asistimos todos a la boda.

Regan consideró que, a ese respecto, Leon tenía razón.

Por fin, Earl se decidió a ayudar. Salió y volvió trayendo una botella de pinot noir y una bandeja con cuatro vasos. Regan se sorprendió de su habilidad para descorchar la botella y servir el vino con refinamiento. Se dio cuenta de que la etiqueta tenía el dibujo de un anciano, de pie encima de una montaña de uvas metidas en una bañera. Supongo que es el abuelo, pensó.

La expresión de Leon permaneció impasible. Aceptó el vaso y le dio un buen trago.

Lo que nos hace el dinero, pensó Regan. Ganarlo, perderlo, acercarse a la abundancia. Vuelve loco a todo el mundo.

—No me puedo creer que Whitney no llame al motel antes del domingo —dijo Regan de pronto—. Si va a otro, necesitará la tarjeta de crédito.

—Tiene varias —dijo Lilac cansinamente—. Cuando anda realmente escasa de dinero, las va alternando, sacando dinero de diferentes tarjetas. Tiene bastante crédito, pero sé que no usará la misma tarjeta dos veces seguidas.

Ah, magnífico, consideró Regan mientras le daba un sorbo al vino del «abuelo», No supo por qué se sorprendió, pero la verdad es que tenía buen gusto. Deseó que la sección destinada a Lucretia empezara cuanto antes.

—Así que nunca se han encontrado con Lucretia —comentó al infeliz trío.

Todos parecieron sentirse culpables.

—Estábamos ocupados… —empezó a decir Lilac justo en el momento en que la cara del presentador volvía a llenar la pantalla.

«Conozcan a Lucretia Standish.»

Contemplaron la pantalla cuando, con sus noventa y tres años, Lucretia empezó a hablar alegremente de su proyecto de casarse el domingo.

—Mi futuro marido es tan tímido —dijo en el momento en que una toma de Edward Fields huyendo por el pasillo del registro civil de Beverly Hills llenaba la pantalla.

—Se mueve con rapidez —observó Regan.

—Vaya que sí —convino Leon—. Algo me huele mal.

—Y no hay nada que podamos hacer al respecto —dijo Earl—. Si conociéramos mejor a Lucretia, tal vez podríamos, pero no por ahora.

Edward Fields, meditó Regan. Le pediría a Jack que también comprobara ese nombre. Si su instinto no se equivocaba, Lucretia Standish se encontraría en un grave apuro si le dijera a aquel pájaro: «Sí, quiero».

Como los cuatro miraban de hito en hito el televisor, ninguno se percató de que estaban siendo vigilados por un tiarrón merodeador llamado Rex, cuyo alias era Don Lesser.

18

Rex había seguido a Regan hasta el camino de tierra que llevaba hasta la bodega. Un gran letrero rezaba: BODEGA DE LOS ESTADOS ALTERADOS. Y otro más: CENTRO DE MEDITACIÓN INSPIRACIONES PROFUNDAS. No se había atrevido a seguirle más allá en el coche. ¿Cómo podría esconderse? Pero sabía que allí era el lugar donde vivía la madre de Whitney Weldon.

Rex se había comprado una peluca negra y se había puesto las lentillas de colores. Todavía se le podía reconocer por su peculiar corpulencia, pero ahora tenía el pelo negro y los ojos castaños. Cualquier cosa con tal de parecer distinto.

Avanzó un corto trecho por el camino; entonces, cambió de sentido, se detuvo, bajó las ventanillas y apagó el motor. Los viñedos y las onduladas colinas ofrecían una vista preciosa. Era el final de la tarde, y la luz se estaba suavizando. Le encantaba aquella hora del día; significaba que la noche no tardaría en caer. Para Rex, la noche era el momento en el que se sentía más él; y si algo no era, era un ave diurna.

Cogió el móvil y llamó a Eddie.

—Estoy en las afueras de la bodega.

—Espera un minuto.

Rex se dio cuenta de que Eddie se estaba alejando del teléfono.

—Perdóname, Lucretia —se disculpó—. Se trata de una sorpresa para ti.

En parte tiene razón, consideró Rex.

—Muy bien —dijo por fin Eddie—. Estoy a salvo de curiosos.

—He seguido a Regan Reilly hasta aquí, a la bodega donde vive la madre de Whitney.

—¿Cómo es que la encontraste tan pronto?

—Estaba en el rodaje. En cualquier caso, voy a ver si tienen una habitación para esta noche.

—¿No te parece un poco arriesgado?

—Sí, pero al menos estaré al tanto de lo que hacen para encontrar a Whitney. ¿Cómo te van las cosas?

—Lucretia quiere proclamar a los cuatro vientos la boda. Me encantaría darle un par de somníferos para que no se despertara hasta el domingo.

—No es una mala idea.

—La doncella anda siempre por medio. Se olería que estaría tramando algo.

—Me lo imagino. —Rex tamborileó con los dedos sobre el volante y suspiró—. Voy a dar una vuelta por ahí antes de registrarme.

—¿No deberías llamar primero y hacer la reserva de la habitación?

—No quiero darles la oportunidad de que se deshagan de mí, pero tampoco quiero llegar allí justo después que Reilly. Esperaré unas horas.

—Mantenme al corriente.

La voz de Eddie le sonó a derrota.

—No te preocupes, Eddie. El domingo serás el señor de Lucretia Standish.

Sonó un clic en el oído de Rex.

—Ni pizca de sentido del humor —musitó mientras se alejaba de la bodega.

19

Nora y Luke subían en el ascensor hasta la suite que tenían en el hotel Cuatro Estaciones. Tenían solamente media hora para arreglarse antes de encontrarse con Wally y Bev para cenar.

—¿Qué tal he estado hoy? —le preguntó Nora a Luke mientras él le sujetaba la puerta para que pasara. Se refería a su cameo de dos frases en un telefilme sobre uno de sus libros.

—Tan genial como siempre —contestó Luke con su voz deliberadamente inexpresiva—. Soy tu más ferviente admirador.

Nora se rió mientras entraban en el elegante salón. Todo estaba impecable. Nora echo una ojeada al dormitorio desde el salón.

—Me gustaría echar un sueñecito, pero me parece que deberíamos empezar a arreglarnos —dijo entrando en el gran cuarto de baño de mármol.

Antes de terminar la frase, sonó el teléfono. Luke lo descolgó.

—Hola, ¿qué tal, Wally?... ¿Nos pasaréis a recoger? Magnífico… A las siete y media entonces.

Colgó el teléfono.

—Tenemos un poco más de tiempo. Wally tenía una reunión que se ha retrasado.

—Perfecto. Me pondré el camisón y me relajaré.

A las ocho, Nora, Luke, Wally y Bev estaban sentados en el reservado de un tranquilo restaurante italiano de Beverly Hills.

—Aquí no puedo oír ni mis pensamientos —dijo Wally mientras chasqueaba los dedos y agarraba un trozo de pan recién hecho.

Bev asintió y bebió un sorbo de agua.

—Siento que no haya podido venir Regan —continuó Wally—. Una gran chica. Una gran chica la que tenéis ahí.

—Sí, bueno, acababa de volver de vacaciones y recibió una llamada para encontrar a una chica que se había ido del rodaje de una película en la que está trabajando, cerca de Santa Bárbara.

—¿Qué película? —preguntó Wally con rapidez.

—*Suerte esquiva.*

Los ojos de Wally se abrieron de par en par.

—Conozco al director, un jovenzuelo de unos treinta años. Es bastante bueno. La verdad es que estaba pensando en él para uno de mis proyectos. Debería llamarlo.

Sacó la pequeña libreta negra que siempre llevaba con él y se escribió a sí mismo una nota.

20

—Haré algo para cenar —dijo Lilac cuando terminaron las noticias—. Regan, te quedarás esta noche con nosotros, ¿verdad?

—Sería una buena idea —convino Regan—. Después de cenar podemos empezar a llamar de nuevo a los hoteles y moteles.

Leon vació su copa.

—¿Qué posibilidades tenemos de que se dé la casualidad de encontrar a Whitney por segunda vez en un día?

—Vale más encender una vela, que maldecir la oscuridad —dijo Earl con una actitud positiva—. Regan, ¿por qué no le enseño la habitación ahora? ¿Tiene algún equipaje en el coche?

—Sí.

—¿Qué tal si cenamos dentro de una hora? —sugirió Lilac.

—Me parece maravilloso —contestó Regan.

La habitación tenía un sencillo encanto rural muy en consonancia con el resto de Estados Alterados. Un tocador de pino y una cama con una sencilla colcha blanca y una vistosa alfombra procuraban una sensación cálida y optimista. Una puerta corredera de cristal se abría al patio trasero y ofrecía una vista de hectáreas y hectáreas de colinas onduladas.

—Esto es precioso —le dijo Regan a Earl cuando éste colocó la bolsa encima de la cama.

—Podemos hacer mucho más para convertir Estados Alterados en una bodega, centro de meditación y hotel de primer orden —dijo—. Aquí hay una paz increíble. Me alegro de haber dejado la febril competitividad de la vida moderna.

Febril competitividad de la vida moderna, pensó Regan. Este tipo parece como si jamás hubiera competido por nada en su vida.

—¿Ah, sí? —dijo con aire inocente—. ¿A qué se dedicaba?

—Tenía una empresa de prospecciones petrolíferas con un socio. La cosa a veces funcionaba y a veces era un desastre. En general, demasiada tensión. Y entonces descubrí la vida espiritual.

Bueno, lo que me quedaba por oír, pensó Regan. Sin duda este tipo no parece el típico magnate del petróleo.

Cuando Earl se fue, Regan llamó a Jack. Lo único que consiguió oír fue su correo de voz y le dejó un mensaje sobre Edward Fields. Entonces, abrió la puerta corredera de cristal y salió al exterior. El aire olía a tierra y a fresco. Aquí tienes, pensó. Freshness. ¿Dónde estará?

Se cepilló los dientes, se lavó la cara, recompuso su maquillaje y se cambió de conjunto. No sólo estoy buscando a Freshness, sino que me afano en refrescarme, pensó mientras se dirigía a la zona de la recepción.

—Entremos al comedor —le saludó Lilac. Había dispuesto una mesa atractiva y tentadora. La luz parpadeante de las velas se reflejaba en las copas de vino. En el centro de la mesa había un jarrón con flores recién cortadas, no tan altas como para no pudiera verse por encima de ellas. El equipo de sonido dejaba oír una música suave. Reinaba una sensación de paz y armonía—. Mis hermanos no tardarán.

Regan y Lilac giraron al mismo tiempo al oír una desconocida voz masculina procedente de la otra habitación.

—¡Hola!

Un tipo grande vestido con vaqueros negros y una cazadora de cuero del mismo color apareció en el umbral. A Regan le pareció que el pelo negro del sujeto no era natural, aunque su cordialidad parecía sincera.

—¿Le puedo ayudar en algo? —preguntó Lilac

—Espero que sí. Me preguntaba si tendría una habitación para esta noche.

—Sí, sí tenemos. Vayamos a la recepción y se registrará.

Ahora, este lugar tienes dos huéspedes, pensó Regan, y si Jack estuviera aquí, seríamos tres. Ah, bah, no tendré tanta suerte. A Regan le pareció que a Lilac no le entusiasmaba tener otro huésped; se dio cuenta de que lo que quería era concentrarse en encontrar a Whitney. Caray, aquello valdría mucho más que el beneficio que pudiera dejar un huésped por una noche. Se preguntó si Lilac tenía que ofrecerle de cenar al recién llegado.

Cuando volvieron al comedor, Lilac presentó a Don Lesser a Regan y, aun cuando no estaba obligada a ello, le invitó a cenar. Don aceptó, pero insistió en sentarse en mesa aparte.

—No quiero molestarlos. Tomaré un vaso de vino, un poco de pan y cualquier cosa que tenga por ahí y me pondré a leer un libro.

Se sentó en el otro extremo de la pieza, pero era tal el silencio que Regan sabía que podría oír todo lo que hablaran.

Ésta es la incomodidad de sentarse junto a un comensal silencioso en un restaurante: sabes que no tiene nada mejor que hacer que escuchar a hurtadillas.

Leon se mostró especialmente taciturno.

—¿Qué tiene pensado hacer si no encontramos a Whitney en ninguno de los hoteles a los que llamemos esta noche? —le preguntó a Regan.

—Había pensado en volver al hotel donde tiene su base la película. No me creo que no haya nadie allí que no tenga alguna información de dónde pueda estar.

—Tiene lógica —dijo Earl mientras se metía en la boca un tenedor con pasta integral con salsa de tomate.

Lilac había preparado una ensalada, pan italiano y una salsa hecha —a Regan no le cabía ninguna duda al respecto— a base de productos orgánicos batidos. Regan enrolló varias cintas de pasta en el tenedor, pero dejó caer el cubierto cuando Lilac soltó un agudo chillido.

—¿Qué sucede? —gritó Regan.

—¡Freshness! —Lilac se levantó de un salto y salió corriendo a recibir a su hija, que estaba parada en el umbral de la puerta.

Para Regan fue como si todos hubieran visto a un fantasma.

—¡Mamá! —Freshness/Whitney se rió—. Nunca me habías recibido con tanto entusiasmo.

A Regan también se le antojó como uno de aquellos momentos de un concurso en el que el participante gana una fortuna. Por lo general, y dependiendo de la cuantía del bote, el concursante pierde el control casi por completo. Y Lilac y sus hermanos acababan de ganar un enorme bote. Leon saltó de su asiento tirando la botella de vino, e incluso Earl abandonó su comportamiento tranquilo y calmado. Los dos se abalanzaron para abrazar a su sobrina.

—¿Qué sucede? —preguntó Whitney, y saludó con un movimiento de cabeza al hombre sentado a solas y que la observaba con lo que Regan estimó una notable intensidad. Bueno, Whitney era muy atractiva y sin duda había provocado una reacción tremenda entre sus parientes.

—¡No te lo vas a creer! —empezó Lilac mientras la conducía hasta la mesa.

Tras acercar otra silla a toda prisa, presentaron a Regan y Lilac le contó a Whitney la historia de la boda de Lucretia. Lo hizo en voz baja, pero no cuando habló del cheque de dos millones de dólares que esperaba a cada miembro de la familia si se presentaba todo el grupo.

—¡Dos millones de dólares! —gritó Whitney—. Y pensar que casi no vuelvo a casa. ¿Con quién se casa?

—Con un estafador; estoy seguro —dijo Leon—. Pero si conseguimos cada uno dos millones de dólares, me daré por contento. Regan, deberías investigar a ese tipo. Pero primero me gustaría hacer un brindis… por mi preciosa sobrina. Gracias a Dios que has vuelto. Y por el tío Haskell, que en paz descanse. ¿Conseguiremos por fin tu dinero?

Rieron al unísono y bebieron y brindaron por su buena suerte. Regan pudo apreciar lo feliz que era Whitney con su madre y sus tíos. Era una chica lista y, a Dios gracias, había aparecido en casa. Ahora, todo el mundo podía ser feliz.

—Tengo que acudir a un seminario mañana por la mañana —dijo Whitney mientras vaciaba su copa.

—¿Qué? —preguntó su madre con brusquedad.

—Es un seminario de interpretación de un día y no es demasiado lejos de aquí. Termina el domingo por la mañana temprano y me reuniré con vosotros en casa de Lucretia a mediodía.

—Me da miedo que te perdamos de vista —exclamó Leon, agarrando a Whitney por el antebrazo.

—Bah, Leon, no me pasará nada —aseguró a su tío—. ¿No has pensado que a mí también me será útil el dinero? Estoy impaciente por conocer a Lucretia, y me encantaría hablar con ella de sus días de actriz.

—Por lo que hemos visto en la televisión, sigue siendo todo un personaje —dijo Lilac.

Mientras observaba a aquella insólita familia, Regan se alegró de que pudieran seguir adelante con la bodega-centro de meditación-alojamiento rural gracias al dinero que recibirían aquel domingo. Pero mi trabajo ha concluido ya, pensó. Pasaré la noche aquí y volveré a casa por la mañana.

Por supuesto, no ocurriría tal cosa.

En el otro extremo de la estancia, Rex no daba crédito a sus oídos. ¡Iban a conseguir dos millones de pavos cada uno por asistir a la boda! El imbécil de Eddie no le había mencionado nada al respecto. Supuso que daba lo mismo, toda vez que no iban a cobrar el dinero. Whitney estaba sentada enfrente de él, al otro lado de la habitación. Su misión era asegurarse de que no se acercara a la boda el domingo. ¡Una vez más no se podía creer su buena suerte! Bueno, todo lo que tenía que hacer era deshacerse de Whitney durante las siguientes cuarenta y ocho horas… hasta que Edward y Lucretia hubieran dicho el «Sí, quiero» sin ningún percance y antes de que alguien como Whitney fuera instado a «hablar ahora o callar para siempre».

Guardará silencio, Eddie, pensó Rex. Me aseguraré de que así sea.

Bebió un sorbo de vino y siguió mirando a hurtadillas al grupo de manera ocasional mientras reían y hablaban. El domingo no estarán tan alegres, pensó, porque Whitney va a desaparecer de nuevo. Y tuvo el pálpito de que esa vez habría de ser para siempre.

21

Después de cenar, Regan y la familia se trasladaron a la estancia principal, junto a la recepción, donde varios cómodos sofás y sillones rodeaban un enorme hogar. Lilac sirvió fruta y café y Regan se enteró de más cosas sobre los Weldon.

Lilac y Leon eran los dos divorciados, y Earl no se había casado nunca. Sus padres habían muerto en los últimos cinco años, y Whitney era la única hija de su generación.

—Me parece increíble que realmente hayas estado hoy en el rodaje, Regan —dijo maravillada Whitney.

—Intentábamos encontrarte, cariño —dijo Lilac.

Leon se dio unos golpecitos en la frente con los dedos.

—Y pensar que llamamos al motel y que te acababas de ir.

Whitney se rió.

—Tengo que recuperar la tarjeta de crédito.

Don Lesser había salido a pasear y a que le diera un poco de brisa nocturna. Entonces, después de casi una hora fuera, entró y se retiró a su habitación.

—También debería irme a dormir —dijo Whitney con un bostezo—. Tengo que levantarme temprano.

—Este fin de semana no desconectes tu móvil —la exhortó León—. ¡Por favor! ¡Dejarse llevar por la corriente casi nos cuesta ocho millones de dólares!

Incluso Earl convino en que, quizá, los fines de semana de dejarse llevar por la corriente deberían pasar a ser algo del pasado. La cordialidad imperaba ante la idea del día de bancos que les esperaba el lunes.

—¡No os preocupéis! —dijo Whitney—. No quiero volver a estar incomunicada nunca más. Y mamá, me acabo de dar cuenta de que no llevo nada para ponerme el domingo.

—Vamos a mirar en mi armario —sugirió Lilac—. Algo habrá que te puedas poner.

Regan dio las buenas noches y se fue a su cuarto. Nunca había tenido un caso tan fácil. Ser contratada para buscar a una chica y que ésta se presentara en su domicilio familiar. No estaba mal. Bueno, pensó, dormiré bien esta noche, me dirigiré a casa por la mañana y tengo el fin de semana para organizarme. Se sentó en la cama y sacó el móvil, que lo había desconectado durante la cena. El segundo sobrecito de la pantalla le indicó que tenía un mensaje: era de Jack.

«Hola, Regan, espero que todo vaya bien. Tengo alguna información sobre Lucretia. Como sabes, ganó una fortuna invirtiendo en una punto-com que luego quebró. Y por lo que respecta al tipo con el que se casa, he hecho algunas comprobaciones, pero no tengo mucho en que basarme. Ahora me voy a casa a dormir. Si quieres dejarme un mensaje en el móvil, llama, por favor. Lo oiré por la mañana cuando me despierte. Te extraño. Buenas noches, mi vida.»

Regan esbozó una amplia sonrisa. Le devolvió la llamada y dijo:

«Caso resuelto. Whitney ha aparecido esta noche en Estados Alterados. Tendrías que haber visto la cara de su madre. En cualquier caso, vuelvo a casa mañana. En cuanto al futuro esposo, no sé mucho sobre él. Creo que mañana haré que la madre de Whitney llame a la novia; a lo mejor saca alguna información sobre el prometido. Parece sospechoso. En las noticias de esta noche, sin duda se ha escondido de las cámaras. Yo también te echo de menos.»

Regan abrió la puerta corredera de cristal para que entrara algo de aire. Había un pasador de seguridad en la mosquitera que parecía ofrecer la suficiente seguridad para dejar la puerta abierta mientras dormía. Después de limpiarse el cutis y cepillarse los dientes, Regan se estremeció ante la perspectiva de meterse en una cama confortable. Había sido un día largo. Apenas tocó la almohada con la cabeza, cuando cayó en un sueño profundo.

Se despertó un par de veces durante la noche. Una vez a las cuatro de la madrugada, cuando creyó oír pasos por el pasillo. Luego, a las cinco y media se despertó sobresaltada. Esa vez oyó un extraño ruido procedente de la planta superior, donde estaban los dormitorios de la familia. Esperó. Todo estaba en silencio y tranquilo y casi podía oír el ligerísimo susurro del viento a través de la puerta mosquitera. Lo más seguro es que se trata de Whitney preparándose para salir, cayó en la cuenta; dijo que quería ponerse en camino a las seis. Se dio la vuelta sobre el costado y volvió a dormirse.

22

Sábado, 11 de mayo

Whitney apenas había dormido: le parecía increíble que dispusiera de dinero para darle a Frank y que terminara la película. Pero no quería llamarlo para decírselo hasta que tuviera el cheque en la mano. Si al final no ocurría, le resultaría insoportable la idea de darle un chasco.

Se levantó a las cinco, se envolvió en una bata y recorrió el pasillo para ir a la ducha. Veinte minutos más tarde estaba vestida y preparada para irse. El vestido que le había dado su madre para la boda colgaba de una percha en el armario empotrado, envuelto en una bolsa de plástico de la tintorería. Cogió el vestido junto con la bolsa y bajó de puntillas. No se molestó en hacer café; tomaría alguno en la cafetería de la carretera. Hacían un java magnífico y abrían al amanecer.

El pabellón estaba en calma; todos dormían. Sonrió, ansiando todo lo que estaba a punto de cambiar en sus vidas. Se acabaron las preocupaciones monetarias sobre ese lugar, y si la película era un éxito, ni siquiera se atrevía a considerar lo que aquello significaría para Frank y ella. Con dinero a mansalva, ya no tendría que hacer juegos malabares con las tarjetas de crédito.

Afuera, su coche estaba aparcado bajo uno de los grandes robles que parecían filtrar cualquier luz sin importar el momento del día.

El cielo azul oscuro estaba empezando a rendirse a los efectos del sol naciente. Es un momento del día tan interesante para estar despierto, pensó en el momento en que el ocasional gorjeo de un pájaro rompía el silencio. Pero tiene algo de inquietante.

Atravesó el camino hasta su Jeep, abrió la puerta y arrojó la bolsa sobre el asiento del acompañante. Se inclinó para entrar y se arrodilló en el asiento del conductor, colocándose de manera tal que pudiera colgar el vestido del gancho situado encima de la ventanilla trasera.

—¡Ahhh! —gritó, aspirando profundamente. El edredón de matrimonio que guardaba en la parte trasera para cuando iba a la playa estaba, como de costumbre, hecho un gurruño en el suelo. Pero incluso a la luz grisácea del amanecer pudo ver que algo estaba diferente: debajo del edredón había algo que no estaba allí la noche anterior. Cuando empezaba a retroceder para salir del asiento, el edredón se alzó imponente y, saliendo de debajo del mismo, la agarró una mano.

—Quieta. —La voz dio la orden con dureza—. Cierra la puerta y no intentes nada. Tengo una pistola.

La cabeza de Whitney empezó a dar vueltas, las lágrimas le escocieron en los ojos. Con lo cerca que dormía apaciblemente su familia e ignoraban el problema en el que se hallaba; y cuando lo averiguasen, sería demasiado tarde.

—Arranca —volvió a decir la voz masculina mientras su dueño le tiraba violentamente del brazo derecho.

Mantén la calma, pensó Whitney. El vestido en la percha seguía en su mano izquierda. Quienquiera que estuviera debajo del edredón no podía verlo, estaba segura. Se sentó en el asiento del conductor y dejó que el vestido y la percha cayeran al suelo fuera del coche. Cerró la puerta y encendió el motor. Podía sentir el edredón rozándole el hombro y el cuello.

—Sal del camino lentamente y sin brusquedades. Luego, dejarás el camino de tierra para coger el sendero principal que conduce hasta el viejo establo. Sabes a cual me refiero, ¿verdad?

—Sí. —Whitney contestó con toda la tranquilidad de la que fue capaz. Era el establo en el que, desde hacía años, se guardaba un montón de maquinaria agrícola vieja. Leon tenía pensado limpiarlo y rehabilitarlo en cuanto consiguiera sus dos millones de dólares. Ya nadie iba allí, pero precisamente habían estado hablando de ello la noche anterior.

—Muy bien, porque es allí a donde nos dirigimos.

¿Me va a matar? Whitney se lo preguntó, desesperada, mientras conducía. ¿Tiene de verdad una pistola? Su cerebro le dijo que hiciera lo que se le decía, mientras el corazón le latía de manera desenfrenada. Pero ¿quién era? ¿Y qué quería de ella? Lo sabré enseguida, pensó mordiéndose el labio al tiempo que dejaban atrás el cartel de la Bodega Estados Alterados, el mismo que le había hecho sentirse tan bien recibida la noche anterior.

23

A las ocho y cuarto, Regan se unió a Lilac y Earl para desayunar en la mesa en la que habían cenado la noche anterior.

—Supongo que Whitney se ha marchado esta mañana —comentó a Lilac mientras se servía una taza de café.

—Su habitación está vacía. Seguro que ya está en el seminario.

Entró Leon llevando un vestido cubierto con plástico.

—Esto estaba afuera en el suelo.

Lilac levantó la vista.

—Es el vestido que le presté a Whitney para la boda. ¿Dónde estaba?

—Justo al lado de donde tenía aparcado el coche.

A Regan no le gustó la sensación de aprensión que sintió. Sabía que Whitney no llevaba mucho equipaje. ¿Cómo podía haber dejado caer el vestido y no haberlo advertido?

—Así es nuestra Whitney —dijo Earl pelando un plátano y empezando a cortarlo en rodajas sobre su tazón de cereales.

Ninguno parece preocupado, pensó Regan.

—La llamaré para decirle que ya lo tenemos —se limitó a decir Lilac.

Leon parecía cansado. Cogió la silla que estaba junto a Regan y se frotó los ojos.

—Ahí fuera hay varios incendios incontrolados que se dirigen hacia aquí.

—¿Bromeas? —dijo Lilac—. ¿Desde cuándo?

—Acabo de oírlo en las noticias. Anoche, unos chavales fueron a fumar detrás de un colegio; un cigarrillo inició el fuego. Han trabajado toda la noche para contenerlo, pero el viento no ha dejado de cambiar de dirección y lo ha extendido.

Regan sabía lo peligrosos que podían ser los incendios incontrolados. Un día tienes unas hectáreas de viñedos, y al siguiente son unas ruinas carbonizadas. Dudaba de que Leon fuera a ir a una boda si sus tierras estaban en peligro.

Leon había puesto el vestido en el respaldo de una silla de la mesa contigua. La visión del traje hizo que Regan se sintiera intranquila. Sencillamente, no tiene sentido, pensó, y creo que no debería irme de aquí todavía.

—Earl —dijo Regan—. ¿Le importa que me una a su clase de meditación esta mañana?

—A las diez, en el granero. Póngase ropa holgada.

—Quédese y relájese, Regan —dijo Lilac con un sonrisa—. Hace un día precioso; y no tiene que volver de inmediato, ¿verdad?

—No —contestó Regan con sinceridad. No quería hacer partícipe de sus preocupaciones a Lilac, pero no quería marcharse hasta que supiera que Whitney estaba bien. Tenía una de esas intuiciones—. ¿Va a llamar a Lucretia? —preguntó—. Tal vez podamos averiguar algo más sobre el prometido.

—Buena idea —dijo Lilac—, pero no tan temprano. Aunque llamaré a Freshness.

—Si está en el seminario, no contestará —informó Earl—. Conozco esos seminarios y los móviles están prohibidos.

—Entonces le dejaré un mensaje.

—Lilac —dijo Regan—. Me gustaría estar presente cuando llame a Lilac. ¿Podemos llamarla desde su oficina?

—Me parece bien.

Regan extendió una buena cantidad de mermelada de frambuesa sobre un mollete de maíz y le dio un mordisco. Estaba delicioso. Sin duda alguna, como alojamiento rural con desayuno, aquel lugar funcionaba. El pabellón tenía encanto y era acogedor, y las habitaciones y la comida eran más que buenas. La bodega hacía avances, y terminarían ganando una medalla por su pinot noir; y, sin duda, la sala de cata atraería a la gente durante años. En cuanto a Earl y su centro de meditación... ¿quién sabía?

Lilac, Earl y Leon hacían, sin excepción, lo que más les gustaba. Con el tiempo querían comprar más tierra y plantar más viñedos. No es un mal trabajo, si lo consigues, pensó Regan.

Cuando terminó de desayunar, Regan se excusó y volvió a su dormitorio. Sería tan hermoso que Jack estuviera aquí, consideró mientras marcaba su número. Cuando le contestó, le contó todo lo que había ocurrido.

—A mi tampoco me gusta como suena —reflexionó Jack—. Me pregunto cuánta gente sabe lo del dinero que se supone va a recibir la familia.

—Dicen que no se lo han dicho a nadie.

—Lucretia aparece en todos los noticiarios, ¿sabes?

—¿De verdad? —preguntó Regan sorprendida.

—La noticia de su boda y el hecho de que no para de alardear de haber hecho tanto dinero con una punto-com contribuyen a convertirla en una buena historia de interés humano. La vida empieza a los noventa y tres. No paran de repetir una y otra vez la entrevista.

—¡Dios! —exclamó Regan.

—Es evidente que a Lucretia le gusta ser el centro de atención, algo que no se puede decir de su futuro marido. Tengo a un par de tipos de la policía de Los Ángeles viendo qué pueden averiguar sobre él.

—Gracias, Jack,

—Te mantendré al corriente.

El móvil de Regan sonó en cuanto colgó.

—Hola, cariño —dijo su madre cuando contestó.

—Hola, mamá. ¿Qué pasa?

—Bueno, tu padre y yo no tenemos nada que hacer hasta mañana por la tarde y nos gustaría verte.

Regan tuvo una idea. Bueno, ¿por qué no?, se preguntó. Aquella gente haría negocio.

—¿Qué os parece pasar la noche en una bodega? —preguntó Regan—. Esto es precioso, y tienen habitaciones libres. —Le explicó a Nora todo lo que había sucedido—. Y sólo está a un par de horas en coche.

—Me parece magnífico —dijo Nora tras consultar con Luke—. Llegaremos a tiempo para salir a comer.

24

Al principio Lucretia se emocionó con toda la atención que las cadenas de noticias nacionales habían despertado. El teléfono empezó a sonar el viernes por la noche con llamadas de personas que Lucretia ni siquiera sabía que siguieran vivas; otras afirmaron que no sabían que ella siguiera viva. La llamaron algunos amigos de la infancia que seguían perseverando en la vida para saludarla; la llamaron los amigos de sus ex maridos; la llamó gente que había conocido en los cruceros. Y los invitó a todos a la boda, y algunos que vivían lo bastante cerca, terminaron por aceptar la invitación.

Luego, en mitad de la noche, empezaron las llamadas amenazantes.

—Me robaste todo ese dinero —gritó una voz por teléfono a las cuatro de la madrugada—. Me las pagarás todas juntas.

—Tu novio es un gilipollas. No te cases con él —le advirtió otra.

Y, lo que fue aún peor, llamó una mujer para decir que había visto sus películas y que pensaba que era una actriz de mierda, y de todo, aquello fue lo que más le fastidió. Apenas pudo dormir. A las seis se levantó para recoger el periódico y se encontró con que sus hermosos escalones delanteros estaban llenos de tomates despachurrados.

—Se supone que cuando alguien se casa es arroz lo que le tiran —masculló para sí. Pensó en llamar a Edward, pero sabía lo celoso que era de su descanso. Podía ser tan aburrido a veces. Si fuera cincuenta años más joven, ni de broma me casaría con él, pensó. Se sintió un poco culpable por pensarlo.

Recogió el periódico, que debía de haber llegado después de la tomatada porque estaba inmaculado, y se metió en la casa. Volvió a su dormitorio donde, por último, consiguió quedarse dormida, despertándose sólo cuando oyó el coche de Phyllis en el camino de acceso a la casa.

Al llegar a los escalones delanteros, Phyllis arrugó el entrecejo como sólo ella sabía.

—¡Qué diablos! —rezongó mientras abría la puerta y entraba.

En la cocina preparó la cafetera y esperó a que sonara el timbre de Lucretia. Lucretia no la decepcionó.

Phyllis sirvió el café y lo llevó al dormitorio de Lucretia.

—Mi último día de soltera —proclamó la anciana mientras se incorporaba y se apoyaba sobre las almohadas.

Dame un respiro, pensó Phyllis.

—¡Y ésta va a ser mi última boda!

—Nunca se sabe —dijo Phyllis mientras colocaba la bandeja del desayuno delante de su patrona.

—Phyllis, siéntate. He pasado una noche horrible.

—He visto los tomates afuera.

—¿Quién haría una cosa así?

—No tengo ni idea.

—Soy una anciana que busca un poco de felicidad.

—Es una anciana rica que quiere un poco de felicidad —la corrigió la sirvienta—. La gente ve una gran diferencia en esto, sobre todo aquella que quizás ha perdido su dinero en la bolsa o en la punto-com. Puede que la noticia de la televisión les haya provocado algo así como amargura o resentimiento o furia o envidia.

Lucretia reflexionó al respecto durante un instante y dio un sorbo al café.

—Tal vez estén celosos de que me case con Edward.

Phyllis consiguió encogerse de hombros.

—¿Está todo listo para mañana? —preguntó Lucretia.

—Sí. Ya está todo. En cuanto pare de invitar gente, sólo tiene que decirle al servicio de comidas el número definitivo de invitados.

—Phyllis, si eso es la mitad de la diversión.

Sonó el teléfono de la mesilla de noche más próxima. Las dos lo miraron; Phyllis descolgó.

—Residencia Standish —tras escuchar, gritó por el altavoz—: ¡Es usted un guarro!

—¿Quién era? —preguntó Lucretia.

—Número equivocado.

—No, no es verdad —gritó la anciana—. Se supone que tiene que ser un momento feliz para mí. Bueno, no quiero estar en mi propia casa, no quiero volver a oír sonar el teléfono.

Como si hubiera estado esperando la entrada, el teléfono volvió a sonar.

De nuevo fue Phyllis quien descolgó.

—Residencia Standish… Ah, la sobrina de Lucretia —dijo casi tartamudeando—. Por supuesto, está aquí mismo.

—¡Lilac! —dijo Lucretia con un gritito. Era como si le hubieran lanzado un salvavidas—. Confío en que vengas mañana.

Estoy segura de que lo hará, pensó Phyllis con petulancia.

—¡Que maravilloso! Estoy impaciente por verte… Que habéis visto el reportaje en la tele… Bueno, supongo que ha irritado a algunas personas. —Con cierto aire dramático, explicó lo de las llamadas telefónicas y la porquería de la escalinata principal—. Hay salsa de tomate por todas partes —gritó—. La verdad, tengo miedo de estar aquí; estoy temblando de los pies a la cabeza.

Vaya, está actuando para inspirar lástima, pensó Phyllis. Pero la siguiente frase de Lucretia casi le puso los nervios de punta.

—¿Acercarme hoy ahí? —dijo Lucretia, al tiempo que sus labios esbozaban una sonrisa—. Meditación… una buena cena… un rato familiar… bajar en coche por la mañana. Parece la solución perfecta. Aquí ya está todo hecho y tengo todo el día para ponerme nerviosa.

Phyllis la interrumpió.

—¿No cree que le vendría bien descansar hoy?

Lucretia la calló con un «¡No» y volvió al teléfono.

—Nada, Lilac, querida, todo va bien. Despertaré a Edward y le diré que éste es el plan para hoy. ¡Pues claro que querrá venir! Hace años que no estoy en una bodega. Será fabuloso. Los paseos por el campo siempre me han sentado bien. —Escribió las indicaciones y le dijo a Lilac que la vería esa tarde.

Más les vale no traicionarme, pensó una desesperada Phyllis.

—¿Puedo ir con usted? —soltó de repente.

Lucretia la miró como si estuviera chiflada.

—¿Desde cuando quieres viajar conmigo? Además, ésta es mi luna de miel por adelantado, aparte de que te tienes que quedar aquí para abrir la puerta. El servicio de comidas y la floristería traerán las cosas hoy.

Phyllis sabía que tenía razón, pero le aterrorizaba que, por algún motivo, su trato con Lilac se quedara en nada. De repente, perdía el control de todo.

—He de llamar a Edward —gritó Lucretia—. Ahora sácame el fin de semana.

25

Rex volvió a la cama incapaz de creer que hubiera podido conseguirlo. Whitney estaba en el establo, donde era totalmente imposible que la encontraran, al menos durante bastante tiempo. Permanecería escondida, sana y salva, hasta después de la boda. Rex había conseguido regresar subrepticiamente a la casa sin que nadie se diera cuenta. Eso había sido hacía unas dos horas.

Se levantó y cogió el móvil, se metió en el cuarto de baño, abrió la ducha y marcó el número de Eddie. Un Eddie aparentemente medio dormido le contestó.

—Soy yo —se dio a conocer Rex.

—¿Qué pasa, tío? —preguntó Eddie.

—La tengo. Está atada en el garaje.

—¿Me tomas el pelo? —La voz de Eddie subió una octava—. ¿Está segura?

—Bastante segura. Estoy intentando decidir qué hago ahora.

—¿A qué te refieres?

—¿Debo quedarme o debo irme?

—Quédate, asegúrate de que Whitney permanece en el garaje. ¿Dónde está Regan Reilly?

—Sigue aquí, supongo. Estoy en mi habitación.

—Quédate y vigila

—Muy bien. ¿Y cómo van las cosas por ahí?

—Una pesadilla. Salimos en las noticias de anoche. Lucretia ha anunciado nuestra boda a los cuatro vientos. Estoy hecho polvo.

—¿Que salisteis en las noticias? ¿Cómo ocurrió eso?

—Se fue a comprar un vestido para la boda a Saks y empezó a cotorrear con la vendedora, y una cosa llevó a la otra.

—Nadie dijo que casarse con una persona que vale cincuenta millones de dólares fuera fácil. A propósito, ¿sabías que Whitney y su familia recibirán un par de millones cada uno si el grupo asiste a la boda?

—¿Qué? ¿Cómo sabes eso? Lucretia me dijo que preparase los cheques, pero se suponía que era una sorpresa. —Se interrumpió—. Y los van a recibir, vengan o no a la boda. ¿Por qué pensarían que dependía de que viniesen? Me pregunto si esa entrometida sirvienta no tendrá que ver algo con todo esto. ¡Ahora me explico que contrataran a una detective privada para encontrar a Whitney! Lo han hecho porque creen que así conseguirán el dinero. ¡Qué buitres!

—Bueno, amigo mío, ellos piensan lo mismo de ti. Creen que eres un estafador; y en eso tienen razón.

La llamada en espera de Eddie chasqueó en su oído

—Espera un segundo —dijo Eddie.

Sentado en el borde de la bañera, Rex aguardó; pasaron un par de minutos. Se levantó y se miró al espejo. Odio llevar esta peluca de bobo, pensó. Estaba considerando que quizá le convendría acudir a la cirugía para deshacerse de las bolsas de debajo de los ojos, cuando Eddie volvió a la línea.

—¡Carajo! —gritó Eddie.

—¿Qué ocurre? —preguntó rápidamente Rex. Nunca había oído a Eddie tan consternado.

—Lucretia pasó una mala noche. Entonces, habló con la madre de Whitney y nos han invitado a ir hoy allí a relajarnos, a una buena cena y a pasar la noche. Volveremos para la boda por la mañana.

Rex emitió un débil silbido.

—Ah, vaya. ¿No te puedes zafar?

—No. No había oído antes ese tono en la voz de Lucretia. Está decidida.

—Bueno, colega, supongo que te veré luego. Recuerda, no nos conocemos —Rex cortó la comunicación. Tal vez no debería quedarme, pensó, puede que esto se ponga demasiado concurrido para que resulte cómodo. Y mientras Whitney siguiera escondida, Rex no tendría nada que hacer. Hizo otra llamada a sus adláteres de Nueva York para controlar otro «trabajito». Las noticias no fueron buenas.

«Jimmy ha sido detenido cuando intentaba vender la obra de arte a uno de la secreta. Lo están interrogando los federales.»

Ah, fantástico, pensó Rex. Me parece que no voy a ir a ninguna parte. Es hora de tumbarse en la bodega; sólo de tumbarse. A lo mejor, hasta me apunto a la clase de meditación.

26

Frank Kipsman se despertó con dolor de cabeza. Sabía que era la tensión. La noche anterior había conducido hasta el hotel Beverly Hills con Heidi Durst, la guionista y productora de *Suerte esquiva*. Heidi era una pesadilla. Ya era bastante malo que creara conflictos entre los actores durante el rodaje, pero es que no había parado de despotricar y echar pestes durante todo el viaje, hablando de cómo tenía que funcionar la película y como había que hacer esto y lo otro. Ambos sabían que los problemas financieros eran culpa suya, pero Frank también sabía que tenía que dejar que se desahogara.

Caray, cómo extrañaba a Whitney, a la dulce y preciosa Whitney. Qué suerte había tenido de que se presentase a las pruebas para *Suerte esquiva*. Era perfecta, una Goldie Hawn jovencita. Interpretaba el papel de la atribulada ejecutiva de la empresa de Internet con absoluto aplomo, como solía decirse, y la película podría suponer un auténtico avance en su carrera. Y también en la suya de director.

Encendió la luz de la mesilla de noche y llamó al busca que le había dado a Whitney. Sabía que ella no quería estar continuamente comprobando el móvil, y el busca era una forma más rápida y segura de estar en contacto, porque sólo era para ellos dos. Les había hecho gracia el toque romántico del asunto. Todo lo que Whitney tenía que hacer era mirar el número, confirmar que era el de Frank y devolver la llamada en cuanto pudiera. Frank marcó el número del busca, lo conectó a su propio número, colgó el teléfono y esperó.

Esperó tumbado en la cama durante diez minutos. Miró su reloj: las ocho y cuarto. Le había dicho que la llamaría por la mañana temprano. ¿Dónde puede estar?, se preguntó, empezando a preocuparse.

A sus veintiocho años, el joven Frank ya se había labrado en Hollywood un nombre de director prometedor. Tras dirigir un par de películas de psicópatas con cuchillo de bajo presupuesto, *Suerte esquiva* era su primera oportunidad en la comedia. De pequeño, había sido un incondicional de *The Three Stooges*, y el programa infantil le había movido a entrar en el mundo del espectáculo. Sabía que *Suerte esquiva* podía ser un éxito, y ésa era la razón de que pudiera soportar a la suprema tirana, Heidi Durst. Era una mujer exigente y egocéntrica que extenuaba a cuantos la rodeaban, pero también era una productora con talento. Y podía ser muy divertida, aun cuando la mayor parte de las veces lo fuera de una manera mezquina.

Lo que de verdad hacía que Frank se sintiera incómodo, era la sospecha de que Heidi estaba chiflada por él. Era un amor no correspondido como ni siquiera Shakespeare hubiera sido capaz de imaginar. Heidi solo tenía treinta y un años, pero era todo lo cascarrabias que se podía ser. Amargada por haber perdido un marido por otra mujer realmente encantadora, Heidi había puesto todas sus esperanzas en esta película.

Frank se levantó y abrió las cortinas a otro soleado y brillante día de Los Ángeles. Se suponía que a las nueve menos cuarto tenía que reunirse en el salón Polo con Heidi para desayunar. Estoy impaciente por escuchar su nuevo plan, pensó mientras se encaminaba al cuarto de baño. Hemos venido a pasar el fin de semana para reunir un millón de dólares sin ninguna estrategia, y nos alojamos en un hotel caro para intentar impresionar a los potenciales banqueros.

Quince minutos más tarde, vestido con unos pantalones de algodón, una americana azul marino y sus habituales zapatillas de deporte de marca, Frank se unió a Heidi en el restaurante. Ella ya estaba sentada y escribía en su bloc de notas, mientras bebía café y le ladraba órdenes al camarero. Allá vamos, pensó Frank en cuanto la vio. No es que no fuera atractiva; era su actitud lo que hacía que la gente huyera para ponerse a cubierto. Un pelo castaño rizado que parecía haber sido trasquilado por un peluquero militar, unos ojos de un azul intenso y una resuelta barbilla lo decían todo. Llevaba puesto un traje de chaqueta color caqui que la hacía parecer como si fuera a entrar en combate de un momento a otro. Bueno, ya me la imagino, pensó Frank mientras sonreía y se sentaba enfrente de ella.

—Buenos días, Kipsman —dijo con brusquedad.

—Buenos días. —Frank desplegó la servilleta y se la extendió en el regazo, consciente de que le esperaba un largo día. Y todo lo que deseaba era hacer películas.

Heidi volvió a su libreta de notas.

—Esta mañana me ha llamado mi secretaria. Varias de las personas a las que llamamos han accedido a vernos hoy. Pero tengo otra idea.

—¿Cuál? —preguntó Frank aceptando con gratitud el café que le ofrecía el camarero.

—Esta noche no he podido dormir, así que estuve viendo la cadena GOS. No dejaron de pasar ese breve reportaje sobre una mujer que se casa este fin de semana. Ganó unos cincuenta millones con una punto-com que quebró.

Frank se limitó a asentir con la cabeza.

—Tiene noventa y tres años.

Frank volvió a asentir con la cabeza.

—Se va a casar con un hombre mucho más joven.

—Ajá.

—Fue una estrella del cine mudo.

—¿De verdad?

—Sí, de verdad —repitió Heidi con un dejo de enfado—. Fue muy importante durante unos cinco minutos... hace setenta y cinco años.

Frank no había visto mucho cine mudo; había estado muy ocupado con *The Three Stooges*.

—Vive en Beverly Hills. Lo he comprobado, su número viene en la guía. Voy a llamarla y ofrecerle un papel en la película.

—¿Ofrecerle un papel en la película? —Frank tragó saliva.

—Sí. Ya pensaremos en algo. Se puede interpretar a sí misma... alguien que ha hecho una fortuna con una punto.com en lugar de perderlo todo. Puede meterse una escena corta cerca de los títulos del final. Será divertido y una buena publicidad.

—Supongo que estarás buscando que nos financie.

—Bueno, ¿qué te parece? —dijo bruscamente Heidi—. Voy a llamarla esta mañana y decirle que tenemos un regalo de bodas, y que ya que estamos en la ciudad, nos gustaría llevarlo personalmente...

—¿Tienes un regalo? —preguntó Frank.

—Claro que no, iremos a comprarlo si accede a vernos.

Frank dio un sorbo al café. ¿Por qué, ay, por qué no le había devuelto Whitney la llamada?

27

Frank y Heidi mantuvieron una reunión absolutamente estéril con un potencial inversor que les dijo que su película jamás funcionaría. Frank tuvo la sensación de que el tipo solo había querido sentarse y hablar sobre las películas de mierda que había hecho hacía años. Estuvieron sentados en el estudio del tipo mientras se fumaba una pipa y hablaba sin parar de este o aquel actor. Parecía empezar todas las frase de la misma manera: «En mis tiempos...».

Cuando se hizo evidente que la chequera que había encima de su escritorio jamás se abriría durante ese milenio para *Suerte esquiva*, se escabulleron lo más deprisa que pudieron. Estaban con la rodilla en tierra, pero no derrotados.

—Tenemos que reunirnos con el siguiente ricachón dentro de media hora, pero veamos si podemos ponernos en contacto con Lucretia Standish —dijo Heidi mientras marcaba un número en el móvil. Carraspeó y esperó. Frank conocía aquella mirada: era la de una tigresa agazapada, lista para saltar sobre la desprevenida presa.

—¿Está la señora Lucretia Standish? —preguntó con la más amigable de sus voces.

Frank se recostó en la silla y cruzó los brazos. Seguía sin creerse que Whitney no le hubiera llamado, pero no podía decirle nada a Heidi. Si supiera que había algo entre ellos, le daría un ataque. Ya le había hecho algún comentario insidioso acerca de Whitney. Heidi sabía que tenía talento, así que no tenía motivo de queja; simplemente estaba celosa porque Whitney gustaba a todo el mundo.

Ser independiente, pensó Frank. Bueno, supongo que, sea cual fuere el lugar que se ocupe en la cadena trófica, todo el mundo tiene que besarle el culo a alguien.

—Soy Heidi Durst, presidenta de películas Gold Rush… No, no conozco a la señora Standish… Bueno, tengo lo que creo serán buenas noticias para ella. Sabemos que es actriz y queríamos ofrecerle un papel en la película que estamos rodando… Sí, ahora… Por supuesto, esperaré. —Heidi se giró y miró triunfalmente a Frank—. La criada ha salido corriendo en su busca. Ya estaba en el coche. Lo que hace la gente cuando llama Hollywood. Es patético —dijo con aire de superioridad.

Su superioridad fue efímera.

—Hooooola señora Standish —dijo—. Sí, así es, nos gustaría trabajar con usted y hemos pensado que tal vez pudiéramos pasar hoy por su casa… Que no le va bien, ¿eh…?

A Frank no le sorprendió en lo más mínimo.

—Ah, entiendo… Se va a la bodega de su sobrina y sus sobrinos… Mañana es la boda y estará fuera un par de semanas… Bueno, nuestra película termina de rodarse dentro de un mes, así que todavía podría sernos útil. Si tuviera un minuto, estamos justo en el barrio.

Frank pensó que la voz del otro lado de la línea sonaba como la del tío Cosa de la Familia Adams. Era otra de sus series preferidas, aun cuando había sido producida mucho antes de que naciera. Daba gracias a Dios por la televisión por cable.

—Podríamos beber una copa de vino con usted en la bodega a última hora del día… Me parece maravilloso… En cualquier caso, íbamos a ir hacia allí —Heidi escribió las indicaciones—. Bodega Estados Alterados…

Frank inhaló una profunda bocanada de aire provocando que Heidi lo mirase con socarronería. Él le devolvió una sonrisa como si todo fuera bien… todo, excepto que aquél era el negocio de la familia de Whitney.

¿Qué sabían sobre él?

28

Norman Broda pasaba lista en su seminario de interpretación, algo que no le llevó mucho tiempo. Había once estudiantes que pasarían el día aprendiendo a liberar su creatividad, eliminar bloqueos y soltar su voz y su yo.

Un día y una noche haciendo eso con una docena de estudiantes totalizaban seis de los grandes, algo que no estaba nada mal si se hacía un par de veces al mes.

Norman estaba absolutamente decepcionado porque Whitney Weldon no había aparecido todavía. Por así decirlo, estaban empezando con retraso y ella aún no estaba allí. Se preguntó dónde podría estar. Whitney ya había aflojado los quinientos pavos, justo el día anterior, y no era habitual que alguien se inscribiera tan tarde y luego no asistiera al seminario.

Norman había tenido la esperanza de utilizar el nombre de Whitney para captar más asistentes a sus seminarios. Se le consideraba un mago a la hora de conseguir que los actores se soltaran. Tras dar clases en Hollywood, hacía tres años que se había retirado a las montañas a escribir guiones, de los que, en realidad, había conseguido vender los derechos de dos. Además seguía dirigiendo telefilmes de manera ocasional. En general, llevaba una buena vida. Tenía cincuenta y dos años y vivía con su novia, Dew, de veinticinco, que trabajaba en la emisora de radio local.

Tenía la sensación de que debía llamar a Whitney para ver si iba a asistir, algo que no solía hacer. Si alguien no aparecía, no aparecía. Pero la verdad es que el día anterior, al atender a Whitney por teléfono, le había parecido que estaba muy entusiasmada por el seminario.

No, decidió, esperaré hasta la hora de comer; si para entonces no ha llegado, llamaré, y si no puedo localizarla, llamaré a Ricky y averiguaré qué es lo que ha pasado. Tal vez pueda venir al siguiente seminario, dentro de un par de semanas. Me gustaría conseguir que leyera el guión que acabo de escribir. Sería la protagonista perfecta.

—A ver, atendedme —dijo a los estudiantes—. Quiero que todos subáis una silla al escenario… Vamos a empezar con unos ejercicios de memoria sensorial.

Mientras conducía al grupo por una técnica de relajación introductoria, fue incapaz de alejar a Whitney Weldon de su cabeza.

¿Dónde estará?

29

Whitney era una prisionera en su propio coche. Tenía los pies y las manos atadas, los ojos vendados y tenía una mordaza en la boca. El coche estaba oculto detrás del granero, donde nadie lo encontraría hasta que decidieran limpiar el lugar. El edificio estaba lleno de chatarra: tractores viejos, barricas de roble, muebles rotos. Whitney creía haber oído a su raptor tirando cosas sobre el coche. Sin duda, había estado allí con anterioridad.

Tan pronto había detenido el coche, la había cubierto con el edredón. En ese fugaz momento, Whitney había visto por el retrovisor que el raptor llevaba puesta unas gafas de esquiar. Tras empujarla con violencia a la zona de equipajes situada detrás del asiento trasero, la había atado.

¿Cuándo me echará a faltar alguien?, se preguntó Whitney. Su familia le había rogado que mantuviera el móvil conectado y se asegurara de permanecer localizable. La boda del día siguiente era demasiado importante como para faltar.

Whitney permanecía allí tumbada, con las manos atadas a la espalda, y cuando intentó gritar, la mordaza se apretó alrededor de su boca, como si fuera a estrangularla si lo intentaba con demasiada fuerza. La venda de los ojos estaba tan apretada que las sienes le latían con fuerza. ¿Qué puedo esperar?, siguió preguntándose. ¿Me encontrará alguien?, ¿me dejarán aquí hasta que muera?

Quizá, sólo quizá, me echen de menos en el seminario y, quizá, llamen para ver dónde estoy. Era su única esperanza.

30

Después de haber hablado por teléfono con a sus padres, Regan siguió sin poder librarse de la preocupación por Whitney. Era absurdo que a Whitney se le hubiera caído el vestido y no se hubiera dado cuenta, fuera cual fuese la prisa que tuviese y lo temprano que fuera.

Pero ¿qué podía haber ocurrido?

Salió de su habitación, recorrió el pasillo tranquilamente y entró en la gran sala del pabellón. El silencio era absoluto. Miró por la ventana delantera y vio a tres mujeres que salían de sus coches vestidas como si fueran a incorporarse a las clases de meditación de Earl. Hacía una bonita mañana de mayo, el sol brillaba, y era uno de esos días en que todo debería salir a pedir de boca.

Regan encontró a Lilac en la oficina hablando con una mujer de unos cuarenta años vestida con vaqueros y un jersey floreado.

—Regan, ésta es Bella. Nos echa una mano con todo.

—Ah, es sólo que disfruto cada minuto que estoy aquí —dijo Bella agarrando la mano de Regan y eliminándole cualquier vestigio de vida después de varios apretones—. ¿Cómo está, Regan? —Era ancha de cuerpo, pero su cara parecía la de una muñeca Kewpie, con unos labios rojos espectacular y simétricamente delineados. A Regan le recordaron una pajarita. El pelo castaño rizado enmarcaba un rostro completamente maquillado.

Regan retiró la mano mientras vencía el impulso de masajeársela y devolvió el saludo.

—Yo también me alegro de conocerla, Bella.

Bella volvió a prestar atención a Lilac.

—Iré a abrir la tienda de velas. ¿También vamos a tener abierta la cata todo el día?

—Sorbito a sorbito… —dijo alegremente Lilac—. Iré dentro de unos minutos.

Cuando Bella se fue, Lilac dijo:

—Regan, todavía no le hemos hecho la visita turística. La sala de cata y la tienda de velas están en un pequeño edificio junto al centro de meditación.

—Me gustaría verlo todo —dijo Regan—. ¿Cuánto hace que Bella trabaja para ustedes?

—Ha empezado justo esta semana.

—¿De verdad? —Regan se sorprendió de oír la sorpresa en su voz.

—Paró su coche en la avenida, salió y empezó a hablar como un torbellino. Acaba de mudarse desde el norte, desde el estado de Washington, con su marido hará algunas semanas. Él tiene un nuevo trabajo por aquí cerca. Resultó que el abuelo de ella era el dueño de este sitio hasta que se arruinó por culpa de la Prohibición. Nunca había estado aquí antes y quería verlo por sí misma. Empezamos a hablar, y lo siguiente que se sabe es que la contraté.

—Uau —exclamó Regan—. ¿A qué se dedica su marido?

—Trabaja en el bar del centro del pueblo.

Regan arqueó las cejas.

—Así que tienen cubiertas las necesidades de vino y cerveza.

—Supongo que sí —dijo Lilac riéndose—. Llamé a Lucretia.

—¿Ya?

—Sí. Primero llamé a Whitney y le dejé un mensaje en el móvil, y luego llamé a Lucretia.

Gracias, pensó Regan, ésta también es lista. Sin duda había olvidado la promesa que le había hecho de que haría la llamada en su presencia.

—Va a venir con su prometido hoy.

—¿Bromea? —Mientras escuchaba el cuento de la mala noche de Lucretia, Regan se preguntó que otras sorpresas le reservaba Lilac.

—Bueno, será interesante —observó Regan cuando Lilac terminó—. Acabo de hablar con mis padres, y les gustaría acercarse y pasar la noche aquí.

—¡Magnífico! Haremos una gran cena.

—Me parece genial. —Regan se mostró entusiasmada—. Podremos examinar de cerca al novio de Lucretia. —Juntó las manos delante de la cara, dudando un poco—: Lilac, la verdad es que me gustaría probar a contactar con Whitney en el taller de interpretación.

—¿Por qué?

—Supongo que me preocupo por todo. Me gustaría saber que llegó allí sin incidentes.

Lilac sonrió.

—No conoce a nuestra Whitney. Cuando era pequeña, tenía que levantarle la cabeza del cuenco de los cereales cada mañana. Le cuesta despertarse. Estoy segura de que ni siquiera se ha dado cuenta de que ha perdido el vestido. —Lilac giró y sacó un número de un tablón de anuncios que colgaba de la pared—. Me dio el número de allí; podemos llamar también.

—Yo lo haré —se ofreció Regan. Cogió el trozo de papel y el teléfono del escritorio y marcó el número. La mujer que contestó al teléfono no hablaba muy bien el inglés, así que a Regan le costó comunicarse con ella.

—Le digo a señor Norman la llame más tarde —dijo la mujer—. Él ocupado con alumnos en el granero. Todos gritan y aúllan. Parece una locura.

—Si pudiera asegurarse de que el señor Norman recibe el mensaje, sería magnífico —dijo Regan, rezando para que aquella mujer lo transmitiera. Por lo que fuera, tenía sus dudas. Siempre podrían volver a llamar más tarde.

Cuando colgó el auricular, miró a Lilac.

—Ahora me iré a tomar mis primeras clases de meditación.

—Earl es un profesor asombroso —le aseguró Lilac—. Se va a sentir muy relajada y tranquila.

Ya veremos, pensó Regan mientras salía al exterior.

31

A primera hora de la mañana del sábado, la periodista que cubría la inminente boda de Lucretia recibió una llamada en su casa de Los Ángeles. Lynne B. Harrison estaba durmiendo y alargó la mano hacia el teléfono medio atontado.

—Arriba, Lynne —le gritó su jefe—. Tienes que conseguir algo más sobre esa anciana podrida de dinero que se va a casar. Estamos recibiendo cientos de llamadas y de correos electrónicos.

Lynne parpadeó y miró el reloj. Ni siquiera eran las nueve de la mañana, y el sábado era su día libre. La noche anterior se había acostado tarde y no tenía previsto despertarse, por lo menos, hasta las doce.

—¿Qué quieres que haga? —gimió.

—Invéntate algo. Esta historia ha cautivado la imaginación popular. La idea de que uno pueda encontrar el amor y la fortuna a una edad tan avanzada tiene a todo el mundo pendiente. ¿No te invitó a la boda?

—Sí.

—Vas a ir. —No era una pregunta

—Ya te dije que iría, pero es mañana.

—Bueno, tienes que ir allí hoy y filmar algo más. Tendré a un cámara en tu casa dentro de media hora. Tenemos la dirección de Lucretia. Ve a su casa y consigue más información para la historia, busca otro enfoque…, cualquier cosa. Como sabes, mayo es mes de sondeos y tenemos que subir nuestros índices de audiencia. Y mayo es el mes en el que se casa montones de gente. Lucretia Standish está estimulando a la gente a que vayan a por ello antes de que sea demasiado tarde. ¡Tenemos que estar allí para cubrirlo!

Lynne se sentó en la cama. No cabía duda de que su jefe, Alan Wakeman, podía ser agresivo. Era joven e intentaba hacerse un nombre en el medio. Si intuía que una historia tenía «cuerda para rato» se dejaba la piel en el intento… o hacía que se la dejara ella.

—Muy bien, Alan. Estoy lista en media hora.

32

El Rolls-Royce de Lucretia viajaba hacia el norte por la carretera 101 con Edward al volante y Lucretia sentada de escolta.

—No me puedo creer que nunca te hayas casado, querido —exclamó Lucretia.

Edward se giró y la miró desde arriba.

—Estaba esperando a conocer a la mujer adecuada.

Lucretia se rió como una tonta.

—¿Por qué será que esa frase me suena a ensayada?

—No es verdad —protestó Edward—. Lucretia, sabes que para mí no hay nadie mejor que tú; ni tan divertida.

—Eso es verdad. Todos mis maridos decían que era divertida a espuertas.

Edward se sentía como si se estuviera conduciendo a su propia ejecución. Ahí estaba, en un espléndido día de primavera, conduciendo un Rolls-Royce y dirigiéndose a una bodega, centro de meditación y quién sabía qué más. Y casi preferiría estar en cualquier otra parte del mundo. Aquel estúpido reportaje de televisión. Con que tan sólo pudiera llegar a la ceremonia de casamiento, entonces todo iría bien. La idea de la presencia de Whitney en la misma propiedad a la que se dirigían lo enloquecía, aun cuando ella estuviera atada, amordazada y escondida.

—Se me ocurre una gran idea —anunció.

—¿Cuál, querido?

—¿Por qué no vamos a Las Vegas? Podemos casarnos allí, alejados de las miradas indiscretas del mundo, lejos de los lanzadores de tomates y de toda esa otra gente repugnante que no soporta vernos felices.

La verdad es que Lucretia dio la impresión de que estuviera considerando su propuesta. Parpadeó varias veces.

—Eso sería demasiado solitario.

¿Solitario? Edward quería gritar. En cambio, dijo:

—Pero estaríamos juntos. Y eso es lo único que cuenta.

Lucretia le sonrió.

—Tenemos el resto de nuestras vidas para estar juntos. Quiero que mi familia asista a la boda.

—Por supuesto —dijo Edward mientras encendía bruscamente la radio.

«Por la zona nororiental de Santa Bárbara se está extendiendo un incendio incontrolado. Los servicios de extinción no han podido sofocarlo.»

—Ahí es hacia donde nos dirigimos. —Lucretia parecía alarmada—. Espero que no llegue a su propiedad, pobrecitos míos.

Ay, Dios, pensó Edward, Whitney está en una construcción abandonada. ¿A qué distancia está el fuego? ¿La dejaría Rex allí si el fuego se convirtiera en una amenaza de muerte?

Sí, sí lo haría.

Edward apretó el pedal del acelerador en el momento en que un coche lleno de adolescentes pasaba por su lado y que, sin duda reconociéndolos, empezaron a tocar el claxon. La conductora bajó la ventanilla, sacó la mano y les deseó buena suerte con un gesto ascendente del pulgar.

—¡Felicidades! —gritó.

Lucretia tardó dos segundos en sacar la cabeza por la ventanilla y devolverle el saludo con la mano. Una de las chicas les hizo una foto.

Lucretia se rió con alegría mientras se echaba hacia adentro, se volvía a sentar y se alisaba el pelo.

—Esas chicas me recuerdan lo mucho que me divertía de joven, antes de ir a Hollywood. Mis dos mejores amigas y yo éramos inseparables. Nos encantaba ir al cementerio de noche, sentarnos en círculo y charlar, y prometer que, pasara lo que pasase, siempre seríamos amigas. Incluso nos sacamos sangre de los dedos y la mezclamos. Estábamos más unidas que si hubiésemos sido hermanas. —Lucretia suspiró.

—¿Y qué sucedió? —preguntó Edward.

—Luego me fui a Hollywood y no volví nunca más. Estaba muy ocupada haciendo películas, y mis padres también se mudaron. Luego, mi carrera fracasó y me sentí avergonzada. —Se encogió de hombros—. Siempre lamenté no haberme puesto en contacto con ellas de nuevo. Polly y Sarah. Dos de las mejores amigas que alguien pueda tener.

—¿Dónde están ahora? —preguntó Edward diligentemente.

—No tengo ni idea —respondió con tristeza—. Si estuvieran vivas y supiera dónde viven, las invitaría a nuestra boda.

Ahórratelo, pensó Edward, pero alargó el brazo para rodear a Lucretia.

—Estoy seguro de que les haría felices saber que tú lo eres.

—De sobra lo sé: se sorprenderían de que me vaya a casar contigo.

Edward no supo a ciencia cierta cómo tomarse aquello. Pero sabía que deseaba hacer algo que pudiera retrasar su llegada a la bodega.

—¿Por qué no nos paramos a comer en el camino? —preguntó—. Los dos solos. Nuestras última comida a solas antes de casarnos.

Lucretia le dedicó una sonrisa.

—Nuestra última comida a solas.

33

En su casa de las montañas sobre San Luis Obispo, las dos amigas de la infancia de Lucretia miraban de hito en hito el televisor.

—¿Te lo puedes creer? —preguntó Polly sacudiendo la cabeza cubierta de pelo blanco desde hacía treinta años—. Lo va a hacer de nuevo y no hemos sido invitadas.

—Bueno —contestó Sarah mientras se balanceaba en su silla—. Nosotras tampoco la invitamos a nuestras bodas. Se volvió muy engreída. —Sarah se inclinó para acercarse más al televisor—. ¿Te puedes creer lo joven que es el tipo? Es una vergüenza.

—No me importaría hacerle la corte a un jovencito —replicó Polly—. No tiene nada de malo.

—Vaya, supongo que no.

El presentador instaba a los televidentes a que mandasen correos electrónicos con sus opiniones acerca de cualquier cosa que hubiesen visto en las noticias a una dirección que discurría a lo ancho de la pantalla.

Polly y Sarah se miraron. Llevaban viviendo juntas quince años, desde que sus dos maridos habían muerto. Tenían muchas aficiones comunes, les gustaba dar largos paseos y, en los últimos tiempos, se habían aficionado a Internet.

—¿Por qué no le enviamos un correo a Lucretia? —sugirió Polly.

—¿Y que le ponemos?

—¿Nos recuerdas?

Se rieron al unísono.

Polly se levantó de la silla y se acercó a un aparador antiguo. Abrió un cajón y revolvió entre un montón de fotos.

—Aquí estamos.

Miró de hito en hito la imagen de tres adolescentes abrazadas y que sonreían a la cámara. Se la entregó a Sarah.

—¿Te acuerdas del secreto que teníamos las tres?

—¿Cómo iba a olvidarlo?

—Ha pasado mucho tiempo.

—Y que lo digas.

Las dos se dirigieron a toda prisa al ordenador y mandaron un correo electrónico a Lucretia por medio de la cadena informativa. No tenían ninguna duda de que las contestaría.

34

Cuando Regan salió al exterior, sintió la calidez de los rayos del sol en la cara. Si no fuera por esta clase, me iría a pasear por los viñedos, pensó. Pero quería ver qué tal eran las clases de Earl, así que atravesó el aparcamiento hasta el pequeño grupo de edificios que se levantaban frente por frente del hotel. La arquitectura recordaba a la de una antigua película del oeste. Pudo imaginarse sin dificultad llegando a caballo por el camino de tierra, descabalgando y atando las riendas a un poste, a la manera en que los vaqueros de las viejas películas del oeste parecían hacer con tanta facilidad. Pero no había ningún caballo a la vista. El único animal cercano era el gato de Lilac, sentado a la sombra de un limonero con aire de aburrimiento.

Mi primera clase de meditación, consideró mientras entraba en la estructura de madera con un cartel encima de la puerta que rezaba: INSPIRACIONES PROFUNDAS. Regan había asistido a multitud de clases de aeróbic y de elasticidad, pero nunca de yoga o de meditación. La puerta mosquitera se cerró a su espalada con estrépito y rompió el silencio de las primeras horas del día. Sobresaltada, miró en derredor.

Ahora sí que necesito relajarme un poco, pensó. A la derecha se abría una espaciosa sala que parecía un estudio de danza, con su suelo de madera encerada y las paredes cubiertas de espejos. Una barra negra discurría a lo largo de la pared más lejana, lo que le recordó las clases de ballet a las que le había apuntado Nora cuando tenía cinco años. Regan se recordó agarrándose a la barra mientras intentaba mover sus pequeños pies enfundados en zapatillas en la dirección ordenada por la profesora, que había resultado ser un monstruo. Tras un par de lecciones, Regan lo dejó y Nora la apuntó a clases de piano. Otra causa perdida.

Las mujeres que había visto antes estaban sentadas en sendas esterillas con las piernas cruzadas, charlando en voz baja. Regan cogió una esterilla del montón que había en un rincón y la arrastró hasta lo que consideró una distancia apropiada de un compañero de meditación. Tras ella, llegaron cuatro o cinco personas, inclusión hecha del tipo que había llegado al hotel la noche anterior, el único otro invitado. ¿Cómo se llamaba? Ah, sí, recordó Regan, se llamaba Don.

—Hola —dijo Regan.

El hombre le devolvió el saludo con la cabeza y cerró los ojos a toda prisa.

Supongo que está metido en esto de verdad, pensó Regan. Sin saber muy bien por qué, quizá por su aspecto de tipo duro, le sorprendió, pues no le parecía de la clase de persona aficionada a la meditación.

Earl apareció en el umbral e hizo una entrada propia del Dalai Lama. Mientras atravesaba majestuosamente la habitación, salmodiaba: «Vivimos en una época en la que disponemos de muchas maneras de reconfortar nuestros cuerpos. Buena comida, buen vino…».

Ahí está la propaganda del vino, pensó Regan

«… montones de comodidades. Pero seguimos padeciendo tensión y sufrimiento. Nuestras ocupadas vidas inquietan nuestras mentes. Estamos aquí para relajar el cuerpo y calmar la mente. Quiero que todos os quitéis los zapatos y los calcetines y que os tumbéis de espaldas en las esterillas.»

A Regan le llevó algún tiempo desatarse las zapatillas de deportes y, mientras lo hacía, echó un vistazo a Don. Cuando éste se tumbo en la esterilla, se le subió la camiseta, dejando al descubierto un abdomen firme cubierto de pelo rubio. Regan se encontró mirando de hito en hito la calavera y las tibias cruzadas que Don tenía tatuadas justo debajo del ombligo. Qué especial, pensó Regan. Entonces, se fijó en la espesa mata de pelo negro adherida al cráneo del hombre. La noche anterior, a la luz de las velas del comedor, no había podido mirarlo realmente de cerca, pero había tenido la sensación de que llevaba el pelo teñido. Peor aún, pensó, lleva una peluca y además, una asquerosa. ¿Por qué va tan de moreno cuando el resto del mundo suele aclararse? Es rubio natural, como suele decirse.

Como si hubiera notado su mirada, Don abrió los ojos. Por un momento la expresión de su rostro fue descaradamente hostil, aunque, acto seguido, trató de esbozar una débil sonrisa mientras se bajaba la camiseta. Regan hizo lo posible por fingir que no lo había estado mirando fijamente. El corazón empezó a latirle un poco más deprisa en cuanto se tumbó a escasos centímetros del extraño desconocido. Vamos, Earl, pensó, hazme sentir en armonía, que se me están poniendo los nervios de punta.

Earl introdujo una cinta en el equipo estereofónico. Los sonidos de unas cascadas y de agua corriendo, acompañados de una música compuesta para infundir tranquilidad, inundaron la estancia.

«Tu mente es como un mono que se balancea sin control de una rama a otra», empezó Earl.

Te diré, pensó Regan.

«La meditación devuelve tu mente con suavidad a un foco de atención.»

Como dónde demonios está Whitney, se preguntó Regan.

«A lo largo del día, nuestras mentes van de aquí para allá. Recuerdos, preocupaciones, pensamientos, sentimientos. Revolotea, revolotea, revolotea. Hemos de tranquilizar al mono, debemos hacernos amigos de nosotros mismos, debemos sonreír a nuestros órganos internos.»

¿Qué?, pensó Regan.

«Quiero que todos cerréis los ojos. Vamos a concentrarnos en dejar escapar la tensión de nuestros cuerpos de manera que nos fundamos con el suelo. Empezad por concentraros en la respiración. Inspirad profundamente. Adentro… afuera… adentro… afuera. Ahora, quiero que meneéis los pies. Meneo… meneo… meneo… Empezad a ser conscientes de todas las partes de vuestro cuerpo.»

Durante la hora que siguió, Regan siguió las instrucciones de Earl en una serie de estiramientos, posturas y embestidas que acabaron con la postura del loto. Hizo todo lo que pudo para acceder a un estado mental de relajación, pero en lo único que pudo pensar fue en Whitney y en el vestido que se había dejado olvidado en el camino. ¿Qué había ocurrido?

Cuando quedaban pocos minutos, Earl apagó las luces.

«Quiero que eliminéis cualquier pensamiento de vuestras mentes», dijo. «Respirad muy profundamente… otra vez… y otra. Muy bien. Ahora, sólo un recordatorio: las velas y el incienso se venden en la puerta contigua. Usadlas para establecer un pequeño centro de meditación en vuestras casas.»

El negocio es el negocio, pensó Regan.

Apenas se volvieron a encender las luces, cuando Don se levantó, se puso los zapatos y recogió la esterilla. Regan lo observó mientras la depositaba de nuevo en el montón de la esquina y salía a toda prisa de la habitación. Tampoco parece muy relajado, pensó.

¿Y que estaba haciendo con aquel horrible postizo?

35

Phyllis estaba absolutamente deprimida y algo más que un poco nerviosa. Después de irse Lucretia, se sentó en la cocina sin saber qué hacer.

Phyllis esperaba doscientos mil dólares en «comisiones» una vez que Lilac y su familia se presentaran en la boda. ¡Había sido tan perfecto su plan! Mejor que cualquier concurso pasado o presente. Atraer a la familia a la boda contándoles en secreto que Lucretia planeaba darle dos millones de dólares a cada uno, pero sólo si se presentaban; luego, convencer a Lilac para que consiguiera que todos le dieran la voluntad por su ayuda… y todos tan contentos. ¿Y qué pasaría si Lucretia estuviera planeando darles el dinero pasara lo que pasase? Cuando recibes dos millones de dólares, ¿que son cincuenta mil más o menos?

Tal y como lo veía, lo único que quería Lucretia era tener a la familia Haskell en la boda. Cuando Phyllis tuvo claro que Lilac no tenía intención de hacer el esfuerzo de asistir, trazó su plan, un plan que garantizaba que la familia apareciera endomingada, lo que haría que Lucretia se sintiera feliz. Phyllis sentía que merecía una recompensa por ello. Lilac le había prometido mantener el acuerdo en secreto. Y, en realidad, no era tan difícil, porque si llegaba a sospecharse que Lilac y su familia se presentaban sólo por el dinero, también quedarían fatal.

Pero ahora que se iban a reunir todos en la bodega, Phyllis temía que se supiera lo que había hecho. Podría ser que Lilac hiciera algún comentario involuntario sobre el dinero o, ¿quién sabía?, que lo comentara, incluso, de manera intencionada. Si así lo hacía, Phyllis perdería su comisión, y, muy probablemente, Lucretia la despediría.

Phyllis se preparó una taza de té y fue saltando de canal en canal hasta llegar a la cadena de concursos. Estaban reponiendo concursos antiguos y transmitían La Pirámide de los veinticinco mil dólares, de Dick Clark. Estaban en la fase de bonificación, y un famoso, cuyo nombre Phyllis fue incapaz de recordar, estaba proporcionando pistas al concursante ganador. Éste tenía que averiguar que tenían en común todas las pistas.

«¿Por qué pides un préstamo… por qué empeñas tus joyas… por qué le dices a tu esposa que se ponga a trabajar… por qué…?»

—Es lo que haces cuando estás sin blanca —gritó Phyllis al televisor justo en el momento en que sonó el timbre de la puerta—. Yo lo sabría.

Tomó un rápido sorbo de té. Probablemente más tonterías nupciales, pensó. Atravesó con lentitud el salón y se fijó en lo limpio que estaba. A ver si pueden encontrar a otra que mantenga esta casa tan bien como yo, pensó.

Cuando abrió la puerta se sorprendió al encontrar a la periodista que había entrevistado a Lucretia el día anterior y a un cámara. La periodista sonreía y tenía buen color, dando la sensación de que era inmensamente feliz.

—Hola, qué tal —empezó a decir la mujer.

Phyllis se la quedó mirando de hito en hito sin comprender. Todavía no había limpiado los tomates, y la mujer se había hecho a un lado para evitarlos, igual que el cámara.

—Soy Lynne B. Harrison de las noticias de la GOS. Ayer le hicimos un reportaje a la señora Standish, y me preguntaba si podríamos hablar con ella unos minutos.

—No está —afirmó Phyllis—, y gracias a su reportaje, alguien se dedicó a tirar tomates a la puerta principal. A Dios gracias, no consiguieron alcanzar el porche. —Miró al suelo, y Lynne B. Harrison siguió su mirada.

—Ya lo veo —dijo Lynne, y con un movimiento de mano instó al cámara a grabar lo que parecía mermelada de tomate—. ¿Cree que alguien que vio nuestro programa hizo esto?

—Sin duda.

—¡Qué lástima! —comentó Lynne, entreteniéndose para ganar tiempo en un intento desesperado por discurrir la manera de entrar. Sabía que cualquier nuevo enfoque haría las delicias de su jefe, así que tenía que conseguir algo—. Recibimos cientos de correos electrónicos encantadores de la gente diciendo que se sentían felices de que Lucretia hubiera vuelto a encontrar el amor. He de decir que otros se mostraban un tanto irritados por todo el dinero que había ganado en la punto-com que había quebrado. Incluso tengo aquí un correo para Lucretia de dos amigas de su infancia. Dicen que les gustaría hablar con ella sobre un secreto que tienen en común y que han mantenido en silencio durante más de setenta años.

A Phyllis casi se le salieron los ojos de las órbitas; de repente, sintió la necesidad de proteger a Lucretia. Bastante malo era que todo el mundo, incluida ella, intentara echarle mano a su dinero, pero si alguien iba a avergonzar a Lucretia en público…

—Si me entrega el correo electrónico y deja que Lucretia, y nadie más que ella, se ponga en contacto con sus amigas, le concederé una entrevista —regateó Phyllis. Quizás esa fuera una forma de mantener las buenas relaciones con Lucretia. Demonios, incluso podría ser que le diera una gratificación por su lealtad y protección.

Lynne sabía que no tenía elección. Podía sentarse en la camioneta y esperar en la calle a que volviera Lucretia, pero no tenía ni idea de dónde estaba la anciana. Aquel correo bien podía ser un engaño; había multitud de chiflados a los que les gustaba afirmar que tenían una relación íntima con cualquiera que estuviera en el candelero… De lo que es capaz la gente por conseguir sus quince minutos de fama. Y su jefe quería emitir algo ese día. Un paseo turístico por la casa de Lucretia sería perfecto. Lynne entregó el correo impreso a la doncella.

—Entremos, —instó Phyllis al tiempo que abría la puerta de par en par.

36

Después de la clase de meditación, Regan atravesó sin prisa la puerta de acceso al edificio contiguo, aquel que albergaba una mezcla de tienda de regalos y sala de cata. Era una estancia espaciosa y rústica. Había una caja registradora antigua junto a un largo mostrador de madera, delante del cual colgaban varios taburetes. Las copas se alineaban en las estanterías que había detrás, mientras que las botellas de vino estaban expuestas en urnas de cristal a lo largo de la pared de ladrillo. Abundaban las velas, el incienso y toda clase de baratijas. De fondo, sonaba una música clásica suave. En un extremo de la habitación estaba situada una mesa redonda de roble, con copas de tamaños y formas diferentes. En la parte trasera, una puerta corredera de cristal se abría a un patio con varias mesas de merienda.

Bella se hallaba sentada detrás de la caja registradora y saludó a Regan.

—Bienvenida a nuestra sala de cata y tienda de regalos. Si puedo ayudarle en algo, por favor, no dude en pedírmelo.

—Gracias —contestó Regan, pensando de pronto que Bella le parecía un poco extraña. La voz cantarina y aquella mirada vidriosa le dieron la impresión de que la mujer ocultaba algo.

Le llamó la atención un folleto que había delante de la caja registradora. Se acercó y cogió una copia de *Estados Alterados. Una mirada retrospectiva.* Las páginas estaban plagadas de fotos en blanco y negro de finales del siglo XIX. Muchas de las fotos parecían iguales: árboles y más árboles.

—Me he enterado de que esta bodega fue en otra época de su abuelo —le comentó Regan.

—La Ley Seca lo arruinó —dijo Bella con indignación—. Sabe, muchas de nuestras familias lo pasaron realmente mal cuando se aprobó la Prohibición. —Miró de hito en hito a Regan con un repentino fulgor en la mirada—. Con toda franqueza, creo que el estado debería compensarnos por los problemas ocasionados a nuestros antepasados.

Dios mío, pensó Regan mientras el tema musical de *La dimensión desconocida* empezaba a sonar en su cabeza.

—Por Dios, quiero decir que si el gobierno no hubiera aprobado aquella estúpida ley, ahora todo esto sería mío.

Regan se preguntó si Bella habría hablado de eso con Lilac antes de ser contratada. Supuso que no.

—Bueno —replicó Regan pensando en Lucretia—, mire lo que ocurre con las empresas de Internet. Dentro de cincuenta años habrá gente que diga que, con tal de que sus abuelos se hubieran limitado a vender las acciones antes de la quiebra, serían ricos.

Bella sacudió la cabeza en claro desacuerdo.

—No es lo mismo.

—Entiendo que alguna gente diga que la propiedad está encantada. ¿Sabe alguna historia de cuando su abuelo era propietario?

—Lo único que sé es que tuvo que salir corriendo por culpa de las deudas. No fue justo lo que ocurrió, no fue nada justo.

Entonces, ¿por qué querrías volver?, se preguntó Regan; hacerlo no va a traerte felices recuerdos. Regan sonrió para sus adentros. A Bella le vendría bien una o dos clases con Earl.

Entró una pareja, y Bella les dio la bienvenida de idéntica manera a como había hecho con Regan minutos antes. Las mismas palabras, la misma inflexión; era como la grabación de un aeropuerto que te informa de que tienes que cargar o descargar a toda prisa o la grúa se te llevará el coche.

Regan seguía con el folleto en la mano.

—¿Qué vale esto?

—Es gratis —dijo Bella, formando una sonrisa con sus arqueados labios.

—Gracias. Hasta luego. —Regan salió tranquilamente del edificio en el momento en que sus padres llegaban por el camino de tierra.

—Llegáis en el momento preciso —apuntó Regan cuando Luke detuvo el coche a escasos centímetros delante de ella—. ¿Por qué no nos vamos al pueblo a comer ahora mismo? —Regan estaba inquieta y quería hablar con sus padres en paz antes de que se registraran en el hotel y tuviera que presentarles a Lilac.

—Pues claro, cariño —convino Nora al punto percatándose de la inquietud de Regan—. Hemos desayunado poco y estoy hambrienta.

Regan abrió la puerta y se metió en el asiento trasero. Dudó si ir a decirle a Lilac que se iba a comer, pero supuso que ésta no notaría su ausencia. Si no está preocupada por su hija, está claro que no se va a preocupar por mí.

37

Ricky se despertó sintiéndose casi humano y pensó que incluso podría ser capaz de comer una tostada de pan. Aunque débil todavía, se obligó a saltar de la cama y meterse en la ducha.

A su cuerpo dolorido y deshidratado le sentó bien el agua. Abrió la boca mientras agradecía el chorro de líquido que le humedecía la cara y aliviaba sus labios resecos. Cogió la botella del champú y se enjabonó. Tuvo la sensación de estar limpiándose de los alimentos de los días anteriores. Tres minutos más tarde, cerró los grifos a regañadientes y agarró la toalla. Ya me encuentro un cien por cien mejor, pensó. No lo bastante bien para salir a correr como solía hacer los sábados por la mañana, pero, no obstante, mucho mejor.

Ricky tenía veintidós años, y el ejercicio era parte de su rutina diaria. Tenía un cuerpo compacto, un metro setenta de altura y una complexión delgada pero musculosa. Tenía el pelo negro y rizado y la piel cobriza, y un montón de las chicas que conocía le consideraban bastante buen mozo.

Se vistió con unos vaqueros y una camiseta y se dirigió a la puerta. Hacía un día precioso, y decididamente se sentía desfallecido por el encierro; tenía que salir aunque sólo fuera un rato.

El vestíbulo del hotel estaba en silencio; no había nadie. Ricky caminó hasta el café de la esquina y realizó un frugal desayuno a base de té y tostadas…, lo mismo que le había dado siempre su madre cuando estaba enfermo. Le llenó tanto como cualquier comida que hubiera hecho hasta entonces. Tras pagar, se paró en la calle sopesando sus opciones. No me siento tan bien como para correr o montar en bicicleta, pero quiero hacer algo. Ya sé: me acercaré hasta la casa de Norman y recogeré mi dinero; puede que hasta me deje asistir al seminario. Si estoy recomendando sus seminarios a la gente, debería saberlo todo al respecto.

Giró con rapidez sobre sus talones y se dirigió al aparcamiento del hotel, pensando que sería divertido ver a Whitney fuera del plató y comprobar quién más asistía a clase. A lo mejor había algunas chicas guapas. Él y su novia habían roto hacía poco a causa de los constantes viajes de Ricky.

—Soy demasiado joven para soportar unas separaciones tan largas —le había explicado ella mientras se ahuecaba el pelo y se retocaba el maquillaje—. Estoy en la flor de la vida y necesito a alguien que esté pendiente de mí, Ricky…, que esté ahí para mí cuando más lo necesite. A veces, sólo necesito un abrazo. ¿Lo entiendes?

—Sí, claro —había dicho Ricky al salir por la puerta.

En ese momento, mientras se introducía en el coche, se sintió vigorizado. Será divertido, pensó, conoceré gente nueva. Fue lo bastante honrado para admitir que lo que más deseaba era ver a Whitney. Si no estuviera liada con Frank Kipsman. Se rió. Quizás algún día se prende de mis encantos.

Introdujo un disco compacto en el aparato estereofónico y se dirigió a las colinas. La casa de Norman estaba situada en un bello paraje en las montañas más boscosas. Era un día magnífico para conducir, y si en lugar de escuchar música, hubiera puesto las noticias, podría haber cambiado de idea.

Los incendios seguían avanzando.

38

En el pequeño pueblo cercano a Estados Alterados las elecciones gastronómicas eran limitadas. Como Luke y Nora ya habían conducido bastante por un día, no les apeteció aventurarse a otra población. Había un bar, el Muldoon's, donde Regan supuso que, con toda probabilidad, estaría empleado el marido de Bella. Un cartel en la ventana anunciaba que había bocadillos de tomate y queso fundido.

—¿Queréis que probemos aquí? —preguntó Regan—. Parece que tiene cierto sabor local.

—Los bocadillos de tomate y queso fundido siempre han sido mis favoritos —dijo con sequedad Luke mientras aparcaba el coche delante del local.

Dentro, sonaba una canción de Roy Orbison en la máquina de discos. Aún no era mediodía, así que pudieron escoger mesa. Tomaron asiento junto a una ventana desde la que se podían divisar las montañas al fondo. Muldoons era el típico bar de interior penumbroso y con olor a cerveza rancia en el ambiente.

Una camarera se acercó a la mesa para tomarles nota: todos decidieron probar la especialidad de la casa.

—Buena elección —comentó la camarera. La etiqueta de identificación rezaba: «SANDY». Probablemente rondaba los sesenta años y tenía un cutis áspero que parecía haber sido puesto a curtir desde los doce—. ¿Qué van a beber? Tenemos una cerveza especial…

—¿Qué vino embotellado tiene? —preguntó Nora.

—¿Querrá decir a granel? —contestó la camarera poco menos que en un gruñido—. Puede que estén en una comarca de vinos, pero al propietario de esta casa eso le importa un bledo. El único vino que compra viene en garrafas del tamaño de las de los enfriadores de agua, y créanme si les digo que no es de una bodega que haya ganado ningún premio.

Regan aprovechó la oportunidad para intentar conseguir alguna información.

—Nos alojamos en Estados Alterados —dijo sin que nadie le hubiera preguntado.

Sandy torció el morro.

—Vaya lugar.

Regan sonrió.

—¿A qué se refiere?

—Ha habido montones de desgracias allí arriba. El que era su dueño cuando empezó la Ley Seca se tuvo que ir del pueblo, y desde entonces el lugar permaneció abandonado durante años. Todo el mundo dice que hay un fantasma. Los anteriores propietarios quebraron, y ahora, la familia que la posee está metida en todo eso de la meditación y el incienso. ¿Por qué no se dedican a hacer buen vino nada más?

Regan pensó en la poca paciencia de Leon con Earl.

—Uno de los miembros de la familia lleva dedicándose a la meditación desde hace mucho tiempo.

—Earl

—Sí, Earl.

—Estuvo viviendo en las nubes en otro centro de meditación hasta que lo echaron a patadas. Después trabajó por esos campos de Dios y haciendo trabajos raros, pero no era suficiente para garantizarse la sopa boba para el resto de su iluminada vida.

—Creía que se dedicaba al negocio del petróleo.

—Podría estar engañada. Si se dedicó a eso, debe de haber sido hace mucho tiempo.

Nora y Luke se limitaron a no perder detalle de todo aquello. Sabían cuando Regan salía de pesca y les encantaba escuchar.

—Parece saber mucho sobre ellos.

—He vivido aquí toda mi vida y uno llega a saber qué es lo que está pasando. Cuando era niña, después de quedar abandonada, subíamos de noche a Estados Alterados y nos asustábamos unos a otros como tontos. Solíamos ir al viejo establo enclavado en el extremo más alejado de la propiedad y nos contábamos historias de fantasmas. Y trabajo en este bar desde hace años, y cuando trabajas en un bar, te enteras de los asuntos de todo el mundo.

—Una mujer que trabaja en la tienda de regalos de Estados Alterados dice que su abuelo era el dueño de la bodega cuando se promulgó la Ley Seca.

—Su marido trabaja aquí. —Sandy bajó la voz—. Solicitó un puesto como barman, y le contrataron sin hacer muchas preguntas. El otro día le pedí que me preparara un Singapore Sling, y me miró como si tuviera dos cabezas. ¿Parece que tenga dos cabezas?

—No —contestó diligentemente Regan.

—Así es, no las tengo. ¿Qué barman que se precie no sabe preparar un combinado así? Bueno, hablando de bebidas, ¿qué van a beber?

Los tres pidieron té helado.

Cuando Sandy se alejó, Nora se dirigió a Regan.

—Anoche, en la cena con Wally y Bev nos lo pasamos de maravilla. Dijo que conocía al director de la película en la que trabaja Whitney.

Regan sacudió la cabeza y explicó a sus padres todo lo sucedido esa mañana.

—No estaré tranquila hasta que sepa que Whitney se marchó sola esta mañana.

Sandy trajo los tés helados.

La mente de Regan «se balanceó de rama en rama». De Whitney a Bella y de Bella a su marido, que también parecía que tuviera algo que ocultar. Entonces, en su mente relampagueó una imagen: el tatuaje de la calavera y las tibias cruzadas. Hay algo raro en ese tío, pensó Regan, algo que no encaja.

39

Lucretia y Edward comieron en un bar de carretera lleno de moteros tatuados, cuyas relucientes motos se alineaban en el exterior del restaurante. Lucretia lamentó que no llevaran una cámara para hacerse una foto en el Rolls-Royce aparcado junto a todas las Harley-Davidson.

Mientras mordisqueaban unas hamburguesas con queso en el mostrador, Lucretia dijo con coqueta timidez:

—Querido, sé que quieres que sea una sorpresa, pero me muero por saber a dónde me vas a llevar de luna de miel.

—Tendrás que esperar hasta mañana por la tarde, cuando nos hayamos marchado de la fiesta de la boda. Sabes que es un viaje por carretera y eso es todo lo que te voy a decir —contestó Edward intentando parecer que estaba pendiente del asunto—. Tan sólo asegúrate de llevar todo tipo de ropa.

—Edward sabía que no podía decirle que la iba a llevar a Denver, donde, debido a la altitud, ella tendría dificultades para respirar. Quería agotarla, pero no deseaba que resultara evidente para los demás. También se aseguraría de parar en otras ciudades y, de noche, cuando Lucretia estuviera durmiendo, tenía planeado salir a hurtadillas y divertirse. Quería alejarse todo lo posible y no volver hasta que la excitación de la boda se extinguiera.

De repente, en la televisión que colgaba de lo alto en una esquina, encima de una vitrina con tartas y pasteles, la cara de Phyllis llenó la pantalla. Estaba de pie en el salón de Lucretia, junto a la periodista que había realizado el reportaje de las inminentes nupcias.

«Estamos en la casa de la antigua estrella del cine mudo Lucretia Standish», informó Lynne B. Harrison mientras levantaba una foto de Lucretia en un marco dorado que, en circunstancias normales, descansaba en una mesa de café. «Lucretia ganó unos cincuenta millones de dólares después de invertir en una empresa de Internet, liquidando luego sus acciones con suma prudencia.»

—Suba el volumen —aulló Lucretia a la camarera.

Al advertir la desesperación de Lucretia —o quizá porque no quería volver a oír nunca más un sonido parecido a aquel alarido—, la camarera acató lo orden con prontitud.

«La afortunada Lucretia se casa mañana, y en este momento estamos en directo con su ama de llaves, Phyllis.

»—Phyllis, ¿qué nos puede contar sobre Lucretia y su prometido? ¿Le parece que son felices?

»—Ah, sí —respondió la doncella afablemente—. Están locos el uno por el otro.»

Edward se relajó.

«—¿Qué nos puede decir del novio?»

Edward volvió a ponerse tenso.

«—No demasiado —reconoció la interpelada—. En realidad, no lo conozco, pero puede estar segura de que estoy deseando llegar a conocerlo.

»—Estupendo. ¿Podríamos echar un vistazo ahora al patio trasero donde se va a celebrar la boda?

»—Por supuesto.»

La cámara siguió a Phyllis y a Lynne hasta la zona de la piscina, donde el servicio de comidas estaba instalando docenas de mesas redondas. Alguien decoraba un enrejado con cintas y flores, y unos operarios colocaban una pista de baile en el extremo del patio. Otros estaban introduciendo una fuente, con toda seguridad destinada al champán.

Lucretia batió palmas de alegría.

—Mira, querido, mira. Lo están preparando todo para mañana.

—Estoy impaciente —dijo Edward con fervor.

«Va a ser una boda preciosa», dijo Lynne con entusiasmo. «Ojalá pudiéramos hablar de nuevo con Lucretia, pero sé que está fuera de la ciudad, en un lugar secreto, descansando para el gran día. Me gustaría pedirles a nuestros telespectadores que nos hagan llegar sus opiniones sobre la boda de Lucretia Standish con Edward Fields. ¿Creen que es excesiva una diferencia de edad de cuarenta y siete años?, ¿o el amor puede con todo? Volveremos más tarde con más información sobre los planes para el gran día?»

Lucretia se volvió hacia Edward y sonrió.

—Querido, somos la pareja «súmmum» del fin de semana, ¿verdad? Tú no crees que cuarenta y siete años de diferencia sea demasiado, ¿no es así? —preguntó con descarada coquetería.

¡Debes de estar loca!, quiso gritar Edward, pero en su lugar se limitó a sonreír y decir:

—Creo que es casi perfecta. Una diferencia de cincuenta años podría ser exagerada, pero, en nuestro caso, cuarenta y siete es la ideal.

—Estoy de acuerdo —dijo Lucretia, aparentemente algo preocupada durante el más fugaz de los instantes. Entonces, le espetó—: Llamemos a Phyllis desde el teléfono del coche. Quiero averiguar que más está pasando allí.

—Tal vez deberíamos de volver a casa —sugirió Edward con impaciencia, dudando entre qué sería lo menos malo.

—¡No! Prometí que pasaríamos la noche con mi familia en la bodega; además, ya hay demasiada publicidad. Mañana, la cadena de noticias cubrirá la boda, y con eso es suficiente. Ahora, paguemos y salgamos.

Lucretia se bajó del taburete de un salto y se giró para observar el local lleno de moteros. Todos habían estado viendo la televisión y ahora dirigieron su atención sobre ella.

—¡Bien hecho, Lucretia! —le gritó uno—. ¿Te gustaría dar una vuelta en mi moto?

—Me encantaría —le contestó a gritos, a todas luces emocionada por la atención.

El grupo rompió a aplaudir, y varios de los moteros silbaron con todas sus fuerzas, un ruido ensordecedor que debió de dañar el oído de toda la concurrencia.

—Lucretia —protestó Edward.

—Edward, sólo una alrededor del edificio —dijo con firmeza.

Dos de los moteros escoltaron a la pareja afuera.

—Me llamo Dirt —dijo el tipo corpulento que se había ofrecido a darle un vuelta. Llevaba un chaleco de cuero sin mangas, tenía los enormes brazos musculosos cubiertos de tatuajes y se tocaba la cabeza rapada con un pañuelo—. Permíteme. —Sin ningún esfuerzo levantó a una halagada Lucretia y la colocó en la parte trasera de la moto. Entonces, se subió, encendió el motor con un golpe de pedal y partieron en medio del estruendo de un motor revolucionado.

—Y yo me llamo Big Shot —anunció la criatura excesivamente desarrollada que estaba al lado de Edward—. Y sólo queremos que sepas que si nos enteramos de algún asunto chungo que tenga que ver con tu boda con esa damita, te encontraremos y te daremos tu merecido. —Se interrumpió y sonrió, dejando a la vista la disposición dental más desafiante que Edward hubiera visto jamás—. No nos gusta que la gente se aproveche de las ancianitas, ¿entiendes?

Edward confió en que Big Shot no pudiera ver ni oír el entrechocar de sus rodillas.

—La cuidaré con esmero —dijo de todo corazón—, realmente con esmero.

Big Shot se empezó a reír, un sonido que en nada difería de un gruñido amenazador.

—Eso está bien, porque estaremos vigilando.

Y pensar que fue idea mía el parar a comer, consideró con abatimiento mientras se fijaba en los enormes brazos y piernas de Big Shot, que también llevaba un chaleco sin mangas y unas bermudas vaqueras. Resultaba difícil discernir dónde acababa cualquiera de sus tatuajes y empezaba otro.

Al cabo de un rato, Lucretia y Dirt volvieron al aparcamiento con un rugido de moto.

—Querido —gritó Lucretia—, ¡estos chicos tan simpáticos van a venir a la boda!

40

Whitney estaba deprimida, sedienta y tenía todo el cuerpo dolorido de llevar horas atada. ¿Me han dejado aquí para que muera?, se preguntó; ¿cuándo me encontrarán?

Tumbada en la parte trasera de su Jeep, intentó pensar en todos los motivos para que alguien quisiera quitarla de en medio. Si el raptor quería matarla, lo podía haber hecho inmediatamente. Era más probable que estuviera siendo secuestrada, pero ¿por qué iban a hacerlo? ¿Había ido a pedir un rescate el secuestrador? ¿Sabía que la familia iba a ser millonaria pronto?

Fuera de la familia directa casi nadie sabía lo del dinero. ¿Quién podía ser el raptor? ¿El tipo que estaba en el comedor anoche?, se preguntó. Podía haber oído la conversación que habían mantenido por casualidad, pero si la había oído, se habría enterado de que no recibirían el dinero a menos que fueran a la boda. Whitney recordó que el hombre salió a dar un paseo después de cenar, ausentándose durante un rato. Quizás estuvo deambulando por la finca y se encontró con el viejo establo.

De repente oyó el ruido de una puerta al abrirse, y el corazón empezó a latirle con violencia. ¿Iba a matarla? Contuvo la respiración. Entonces, la puerta se cerró con la misma rapidez con que se había abierto.

¡Dios mío!, pensó. ¿Era él? ¿Era otra persona? Se retorció desesperadamente de un lado a otro, intentando golpear el lateral del interior del coche con las piernas. Gruñó, y sintió que la mordaza la ahogaba. Debe haber sido alguna otra persona, pensó con una mezcla de frustración y esperanza. Pero ¿quién? Nadie se acercaba allí jamás. El viejo establo estaba en la linde más alejada de la finca.

El móvil empezó a sonar en su bolso, que estaba en el asiento delantero. Suspiró. Quienquiera que seas el que llama, ¿no podías haberlo hecho hace un minuto? Quizá la persona que estuvo aquí hubiera oído el timbre del teléfono.

Tengo que dejar de forcejear y ahorrar energías, reflexionó, de manera que pueda estar preparada por si vuelve alguien que pueda ayudarme. Tendré que utilizar cada gramo de fuerza que pueda reunir para hacer que se conozca mi presencia en este viejo y destartalado establo.

41

Pala en mano, Bella hizo un rodeo hasta llegar a la parte trasera del gran establo y empezó a excavar en la tierra de nuevo. Durante la semana anterior había dedicado sus horas de comida a levantar la zona de detrás del establo buscando el tesoro enterrado de su abuelo Ward. No sabía con seguridad de qué podía tratarse, pero sí que, con independencia de quien fuera el dueño de la finca, el tesoro pertenecía a su familia.

Tras darse el bote de California, el abuelo Ward se había establecido en Canadá. Al poco tiempo fue a parar a la Columbia Británica, donde conoció y se casó con la abuela de Bella. Nunca más volvió a poner los pies en suelo estadounidense. La madre de Bella, Rose, nació años después y, siendo niña, sentada en las rodillas de Ward, solía escuchar una y otra vez las mismas historias.

—Amaba a mi bodega —contaba el abuelo—. Si no hubieran aprobado la Ley Seca…

—Si no hubiera sido por la Ley Seca, nunca nos hubiéramos conocido —le recordaba su esposa con frecuencia.

—Nos habríamos conocido igual —contestaba, desechando los argumentos de su esposa con un movimiento de mano, a veces riéndose—. Querida mía, naciste bajo una estrella de la suerte. Estaba escrito que nos conoceríamos. En cambio, mi bodega es lo que no estaba escrito. Si no se hubiera promulgado la Ley Seca…

Si no, si no, si no… La familia vivía en Vancouver, y Ward había conseguido trabajo en uno de los barcos pesqueros.

—Algún día volveré —decía. Pero murió joven, incluso antes de que se levantara la Prohibición.

La abuela de Bella jamás había revisado todos los viejos papeles de Ward, y la madre de Bella, Rose, cortada por el mismo patrón, tampoco los había mirado. Cuando murió su madre, Rose se limitó a guardar los archivos familiares en el desván.

—Menuda urraca que era tu abuelo. Hay demasiadas cajas —le decía a Bella—. Por tener que abandonar California sin nada, desde entonces decidió guardarlo todo… y quiero decir todo. Algún día ordenaré estas cosas.

El «algún día» había acabado hacía un mes, cuando Rose decidió unirse a varias de sus amigas en un ampliado complejo habitacional. Su marido había muerto, y no veía el momento de conseguir compañía. Así que Bella, que debería haberse dedicado profesionalmente a organizar armarios empotrados, había ido a Vancouver a ayudar a su madre en la limpieza de la casa. Cuando se trataba de tirar cosas, Bella era brutal.

—Deshazte de eso —ordenaba a su madre sin dudar cada vez que Rose levantaba un objeto candidato a la basura.

Rose sólo se podría llevar algunos pocos muebles a su nuevo hogar. Después de largas discusiones, por fin se acordó que el reloj de cuco y el sillón reclinable serían el botín. Bella se sintió más feliz que nunca cuando sacó a la acera la alfombra verde de pelo largo de Rose para que se la llevara el servicio de basuras. Tras ella habían ido otros muebles gastados.

Por fin, atacaron el desván. Sintiéndose en su salsa, Bella se arremangó y rasgó las cajas de cartón con entusiasmo. Periódicos y revistas antiguas llenaban muchas de las cajas.

Rose sacudía la cabeza.

—Papá odiaba tirar una revista o un periódico antes de leerlo de cabo a rabo.

Bella arrojó un periódico tras otro en una bolsa de basura, estornudando varias veces por culpa del polvo de décadas.

Una caja que contenía fotos viejas supuso un ligero retraso en la productividad.

—¿Lo ves? —había dicho Rose maravillada—. Iba siempre tan peripuesto.

La foto mostraba a Ward vestido con un traje de lino blanco, delante de un café frente a la playa, mientras bebía de una copa de vino y saludaba a quienquiera que estuviera sacando la foto con una ligera elevación del sombrero de paja.

Bella echó un vistazo a la foto y sonrió, pero al cabo de dos segundos ya estaba rasgando otra caja. Aquella estaba atestada de cartas y de viejos documentos amarillentos. Bella sacó una libreta y lo abrió por la primera página. Había varias anotaciones garabateadas y un encabezamiento: «IMPRESIONES». Pasando rápidamente las páginas, se encontró sentencias y frases escritas de cualquier manera.

—Mamá, escucha esto —gritó excitada.

Rose se detuvo y ladeó la cabeza cuando Bella leyó en voz alta el diario de Ward. La mayor parte versaba sobre la bodega: lo mucho que amaba el olor de los viñedos, el tacto de las uvas en las manos, el gusto del vino en la boca. En una página, sólo había escrito: «Oler, remover en la copa, sorber, enjuagar, tragar. ¿Puede haber algo mejor?».

Hacia el final del cuaderno cambiaba el tono de las anotaciones: «Tengo que irme del pueblo. Es inútil. No puedo mantener la casa. He intentado que la iglesia me comprara el vino para consagrar, pero no hubo suerte. Ahora, es el único vino legal. Tendré que irme. Sólo queda que entierre mis tesoros y espero volver un día a por ellos.».

A Bella se le cayó el cuaderno de las manos al leer la última línea.

—¿Qué tesoros? —gritó Rose mientras Bella se inclinaba para coger el cuaderno. De su interior se había caído un trozo de papel que Bella recogió.

—No tengo ni idea —contestó Bella mientras desplegaba el papel suelto. Entonces, soltó un grito ahogado—. ¡Un mapa de la fortuna! Es un mapa de la bodega del abuelo y está fechado en 1920. ¡Da la localización exacta y hay una X marcada donde dice que enterró el tesoro! Y escucha esto...

—No he dejado de hacerlo, querida.

—El abuelo escribió algo a pie de página:

Al verme obligado a salir a toda prisa del pueblo —por culpa de mis tremendas deudas—, no pude llevarme todo lo que me era próximo y querido. Así pues, enterré mi valiosísimo alijo en la linde de la finca, detrás del viejo establo. Espero volver un día y recuperar mis tesoros. Pero si alguien lee esto después de que muera sin haber regresado jamás, entonces también puede ir a buscarlo. El tesoro enterrado es todo suyo.

—¡Es asombroso! —exclamó Bella—. ¿No te hablaron él o la abuela del tesoro?

—El abuelo murió repentinamente. Aún era joven. Siempre decía que quería volver a California un día, cuando tuviera suficiente dinero.

Madre e hija, cosa rara en ellas, guardaron silencio durante un instante.

—Ojalá tuviera bastante salud para ir a cavar un poco —dijo Rose medio en broma.

—Iré yo —declaró Bella—. ¡Tengo que ir!

—Pero puede que el tesoro ya no esté, y ahora la bodega debe tener algún otro dueño.

—¡Y qué! Ya se me ocurrirá algo. Sea lo que fuere lo que siga estando allí, nos pertenece a ti y a mí.

—Y supongo que a Walter —dijo Rose, al tiempo que sacudía la cabeza.

Bella se había casado con Walter, un estadounidense que nunca había gustado especialmente a Rose. Vivían en el estado de Washington, y Walter acababa de perder su trabajo en unas líneas aéreas. Bella tenía un montón de motivos para ir a la región central de California y buscar el tesoro que confiaba fuera una mina de oro.

—Vendrá conmigo —dijo Bella.

—¿Y si no quiere?

—No tiene elección.

Aquello había sucedido hacía sólo cuatro semanas. En ese momento, después de haber conseguido convertirse en empleada de la bodega, Bella iba a pasar otra hora de la comida cavando para quién sabía qué. Nadie la había visto en el límite posterior de la finca y nadie hacía preguntas al respecto de que le gustara dar un paseo durante su tiempo libre.

Si la pillaban cavando, Bella había preparado una historia sobre cambiar de sitio la tierra porque según la leyenda eso traería buena suerte a la bodega. Suponía que eran lo bastante hippies como para tragarse aquellas paparruchas.

Walter le dijo que no la podría ayudar a cavar a causa de sus problemas de espalda.

—La tengo agarrotada y con más nudos que un palito de queso —se quejó.

Así que Bella le consiguió un trabajo como barman en el que seguiría hasta que ella encontrara el tesoro y pudieran volver a casa. Bella decía que aquello les haría parecer más respetables que si se quedaba sentado todo el día en el cuarto alquilado viendo la televisión. Walter se avino a regañadientes, aunque, en realidad, en ese momento estaba disfrutando de su trabajo en el bar.

—Sólo procura que no te detengan —le advirtió su esposa.

Desde detrás del establo la tierra descendía hasta un arroyo que discurría a lo largo de la finca. Después de casi una hora de cavar, Bella siguió sin dar con algo que no fuera tierra, gusanos y rocas. Tiró la pala y se acercó pausadamente hasta el arroyo, donde se refrescó las manos en el agua clara y brillante.

—Qué gustazo —dijo en voz alta. Sus manos se estaban encalleciendo y las notaba cansadas y doloridas y despedían un olor dulzón. Bella no soportaba el aroma de todas aquellas velas aromatizadas y el incienso de la tienda de regalos, pero tenía que sonreír y aguantar. Necesitaba una excusa para estar en la finca todo el día.

Al cabo de un momento, Bella se levantó y empezó a caminar para volver a la casa principal. Hizo el ademán de volver atrás, al darse cuenta de que se había olvidado de poner la pala en la parte trasera del establo. Ah, bueno, pensó, no importa, mañana volveré aquí.

Sonrió. En cualquier caso, es una pala viejísima. Me pregunto si pertenecería al abuelo Ward… en cuyo caso, ahora es mía.

42

Rex se dirigió corriendo hasta el coche en cuanto terminó la clase de meditación. Aun cuando había tomado la decisión de quedarse por la bodega, y en ese momento estaba esperando la llegada de Eddie con «el amor de su vida», se seguía sintiendo como una rata enjaulada. Estaba nervioso por lo de sus adláteres de Nueva York, y todas las historias sobre Eddie y Lucretia en la televisión le estaban preocupando de verdad. Si empezaban a fisgonear a fondo en el pasado de Eddie, Rex sabía que su nombre podía salir a la luz… y no de la manera más halagüeña.

Rex condujo hasta el pequeño pueblo con la inquietud creciendo por momentos. Caminó sin rumbo, entrando y saliendo de las tiendas despreocupadamente, lo cual le llevó diez minutos. Pensó en ir al bar y beber algo, pero desechó la idea en cuanto vio a Regan Reilly salir de un coche con algunas personas y dirigirse al interior del Muldoon's. La visión de Regan aumentó su agitación. Se acordó de Whitney, atada en su Jeep. Tranquilo, se dijo, no te pillarán. En cuanto Eddie se case, llamaremos desde una cabina y le diremos a la familia donde está. A lo mejor, ni siquiera la han echado de menos durante este tiempo.

Rex entró en una charcutería de la calle principal y pidió un bocadillo de pavo con pan integral de trigo.

—Que sean dos —dijo de repente decidiendo que volvería al establo y le daría a Whitney algo de comer y de beber. También le concedería la oportunidad de ir al retrete. El establo era grande, y había un viejo inodoro en un pequeño cuartucho situado en uno de los extremos del gran habitáculo. Sería mejor que ella no intentara nada.

No soy un tipo tan malo, pensó, sólo intento abrirme camino en este mundo frío y cruel. Sonrió mientras cogía un par de refrescos y agua embotellada del expositor frigorífico. Lo que pasa es que cuando la gente se interpone en mi camino...

—¿Prefiere patatas fritas o pepinillos con los bocadillos? —le preguntó atentamente el charcutero.

—Patatas fritas.

—Muy bien, señor. Que sean patatas fritas.

—¿Podría ponérmelo en dos bolsas, por favor?

—Ha sido un placer. Espero que disfrute de este hermoso día al aire libre.

—Cuento con eso. —La manera de contestar de Rex desanimaba a más cumplidos.

El hombre metió los artículos en las bolsas, Rex pagó y salió de la tienda. Es un bonito lugar, pensó, al tiempo que admiraba las montañas que parecían montar guardia alrededor del pueblo. Muy diferente a Manhattan. Se metió en el coche y condujo hasta un pequeño aparcamiento manzana abajo. Comió en el coche, con todas las ventanillas bajadas y la radio puesta. El bocadillo era bueno, y la bebida, fría y refrescante. Cuando terminó las patatas fritas, desgarró la bolsa y la metió en la de la tienda de ultramarinos.

Camino de Estados Alterados, decidió que lo más seguro sería regresar en coche hasta la casa principal y, luego, ir al establo caminando. Si llevaba el coche hasta allí y alguien lo veía, parecería sospechoso, además de atraer una atención indeseada hacia el lugar. Y, decididamente, no era eso lo que quería.

En el aparcamiento reinaba una tranquilidad absoluta. Rex cogió la bolsa con el bocadillo y la botella de agua de Whitney y atravesó el aparcamiento con rapidez en dirección a los campos. Hasta donde la vista alcanzaba, se veían hileras e hileras de robles altos. Apretó el paso, caminando todo lo deprisa que podía sin correr, no fuera a ser que pasara alguien. El establo se levantaba al pie de una montaña y no se podía ver desde la casa principal.

Cuando por fin llegó al establo, oyó un ruido de rasponazos detrás del edificio. El corazón dejó de latirle. Esperó. Al no oír nada más, se deslizó subrepticiamente a lo largo del lateral del establo. Todo lo que podía oír era el borboteo del arroyo. Echó una rápida y prudente mirada detrás de la construcción: había varios montones de tierra excavada, y, junto al agua, de rodillas, estaba una mujer.

Rex intentó mantener la calma mientras volvía a toda prisa hacia la parte delantera del establo y seguía caminando. ¿Quién era aquella mujer?, se preguntó, desesperado, mientras se movía buscando la protección de un grupo de árboles cercano. ¿Y qué narices está haciendo ahí atrás?

43

El móvil de Regan sonó de regreso a la bodega. Era Jack. A Regan le divirtió que Nora y Luke dejaran de hablar en cuanto se dieron cuenta de quién llamaba.

—¿Qué sucede? —preguntó Jack.

—Algunos acontecimientos. Mis padres están conmigo…, van a pasar la noche en Estados Alterados. Lucretia y su prometido también van a venir, lo cual debería ser interesante. —Regan no añadió: «Ojalá estuvieras aquí», porque sus padres no perdían ripio.

—¿Van a acercarse la víspera de la boda?

—Según parece Lucretia ha conseguido demasiada atención no deseada del reportaje televisivo. Necesita relajarse.

—A lo mejor consigues que te inviten a la boda —dijo Jack—. ¿Se sabe algo de Whitney?

—No. Acabamos de comer en el pueblo, y estoy a punto de ver a su madre. Quizás ha llamado. Eso espero.

—Yo también. —Jack se aclaró la garganta, para Regan, siempre siempre una señal de que tenía algo importante que decir—. Así que vas a conocer al prometido de Lucretia. Por lo que he averiguado hasta ahora, el tal Edward Fields es más bien un estafador.

—¿De verdad?

—Sí. Su primer nombre es Hugo, pero se lo quitó antes de conocer a Lucretia. Ahora utiliza el segundo, Edward. Hugo tiene unos buenos antecedentes. A lo largo de los años ha vivido con varias ancianas que lo han mantenido. En realidad, hace diez años tenía un trabajo en Wall Street, pero no le duró. Ha aprovechado algunas etapas como recaudador de fondos para obras de caridad en los que acabó pagándose magníficas gratificaciones. Se ha dedicado a recaudar capitalización inicial para diferentes compañías, como en la que estuvo involucrada Lucretia, consiguiendo pingües comisiones. También ha hecho algunas veces de liebre… comprando paquetes accionariales que promocionaba para que subieran de cotización y vendiéndolos antes de que lo hiciera alguien más. Es de los que saben conseguir lo que quieren, así que no hay nada por lo que podamos pillarle. Nunca ha sido condenado. Lucretia es su gran presa; después de la boda, podrá retirarse. Su afición favorita es el juego, así que esperemos que no pierda todo el dinero de Lucretia a los dados o en las carreras.

Regan suspiró.

—Hay que ver la de timadores de estos que andan por ahí; parece increíble lo que pueden conseguir. Y ahora, Hugo va a salirse con la suya tomándole el pelo a Lucretia. Claro que no hay ninguna ley que prohíba que te cases con alguien por su dinero.

—¿Y quién quiere ser el que le diga a la ruborizada novia que su prometido es un buscavidas?

—Matar al mensajero —bromeó Regan.

—Te diré una cosa —dijo Jack—. Seguro que Hugo está impaciente por llevar a la novia hasta el altar antes de que sea necesario matar a ningún mensajero. California es un estado donde rige la sociedad de gananciales. Puesto que llevan prometidos sólo dos días, dudo que se hayan realizado muchos acuerdos prematrimoniales, si es que ha habido alguno.

—Los únicos parientes de Lucretia son los dueños de la bodega y los va a conocer hoy por primera vez —caviló Regan.

—Eddie debe de estar deseando que no se conocieran jamás. Ah, otra cosa. Sus amigos le llaman Eddie; cuando levanta una fachada, es Edward.

Algo en el fondo de su memoria empezó a molestarla. Whitney no había desaparecido de forma oficial, pero si resultaba que era víctima de un delito, ¿tendría Edward algo que ver con ello? ¿Sabía que Lucretia estaba planeando regalar varios millones si sus cuatro parientes asistían a la boda?

—No veo el momento de reunirnos todos alrededor de una copa de vino —dijo Regan, planificando el ataque—. «Háblame de ti, Edward», le diré con toda la dulzura del mundo.

Jack se rió.

—Tengo plena fe en tu habilidad para ponerlo nervioso.

—A propósito, ¿cómo marcha tu caso?

—Seguimos interrogando al tipo que detuvimos por vender obras de arte robadas. Está claro que no trabaja solo. Tenemos una orden de registro de su apartamento; los detectives ya están allí. Si Dios quiere, encontrarán algo que nos ayude a descubrir quiénes son sus compinches. Algo me dice que son gente peligrosa. Espera un segundo, Regan.

Regan esperó, mientras la acuciante sensación sobre Whitney seguía molestándola.

Jack volvió a recuperar la línea.

—Tengo que salir. Te llamo más tarde.

Cuando Regan cortó, Nora dijo:

—No veo el momento de conocer a Lucretia.

—Y yo de conocer a su prometido —añadió Luke mientras giraba para tomar el camino de tierra que conducía a Estados Alterados.

—Puedes preguntarle por sus intenciones, papá —dijo Regan, dándole unas palmaditas en el hombro.

Cuando se detuvieron en el aparcamiento, Lilac salió de la tienda de velas para recibirlos.

—Bienvenidos —dijo con una gran sonrisa—. Estamos encantados de tenerlos en Estados Alterados.

Regan presentó a sus padres en el momento en que Bella surgía de los campos.

—Ah, estupendo —señaló Lilac—, Bella vuelve de su hora de la comida. Puede encargarse de la tienda y yo les registraré.

—¿Ha tenido noticias de Whitney? —preguntó Regan.

—No.

—¿No ha devuelto la llamada el director del seminario de interpretación?

—Todavía no. —Lilac parecía despreocupada—. Earl dice que ese tipo de talleres duran horas y que no hacen ningún descanso.

Mientras sacaban las bolsas de Nora y Luke del coche, Bella saludó con la mano al grupo y entró directamente en la tienda. A Regan le pareció que tenía la cara algo enrojecida y que le faltaba el resuello. *Tiene algo, que no acabo de* saber qué es, que me inquieta, pensó Regan encogiéndose de hombros. En ese momento, Whitney era su principal preocupación. Voy a llamar al seminario de interpretación de nuevo, decidió. A estas alturas deben haber hecho un descanso para comer.

44

El Rolls-Royce de Lucretia avanzaba por la carretera rodeado por veintiuna motocicletas, una escolta digna de un jefe de estado. Edward intentaba simular que estaba disfrutando de la atención, pero cada vez que miraba por el retrovisor, la sonrisa diabólica de Big Shot le ponía un poco más nervioso. Estaba seguro de que el motorista había ocupado el puesto justo detrás del coche con esa precisa intención. Dirt iba delante del Rolls, y el resto de los Especialistas de la Carretera, como se llamaban a sí mismos, iban en formación alrededor del coche. A nadie le gustaría encontrarse con uno solo de ellos en un callejón a oscuras.

—Querido, dijiste que era divertida, ¿verdad? —preguntó Lucretia con la mirada resplandeciente.

—Sí que lo dije —convino Edward, mientras se preguntaba si saldría indemne del fin de semana. Tengo que llamar a Rex y asegurarme de que no haga daño a Whitney, pensó presa del pánico. Su inquietud iba en aumento. Había hecho multitud de jugarretas a lo largo de su vida, pero poner la vida de alguien directamente en peligro nunca había sido una de ellas. A lo único que había apuntado, por decirlo de alguna manera, era a la cartera del prójimo. Un reguero de sudor le recorrió la espalda, y fue plenamente consciente de que no quería verse involucrado en ningún delito grave en el que se pusiera en peligro la vida de las personas. No en ese momento, no con alguien como Big Shot pisándole los talones en moto. Confiaba en dejárselo claro a Rex.

—Ah, con todo este alboroto todavía no he llamado a Phyllis —exclamó Lucretia mientras se abalanzaba sobre el teléfono situado entre ambos. Marcó el número de Beverly Hills y puso la llamada en la modalidad de manos libres.

Mientras esperaban a que Phyllis descolgara, Edward se sintió condenado al fracaso.

—Residencia Standish, ¿dígame? —contestó Phyllis en un tono de voz que indicaba contrariedad.

—Phyllis —aulló Lucretia—. ¡Dios mío! Te he visto en la televisión, ¡qué apasionante!

—¿No le ha importado?

—No. El patio trasero estaba precioso. Deberías haber llevado a la periodista a la pared donde están mis fotos de la época de Hollywood.

—Lo siento.

—No importa. ¿Por qué han vuelto?

—Siguen aquí —susurró Phyllis—. La periodista acaba de salir a la furgoneta de la emisora para coger algo. Han recibido tantas llamadas sobre el reportaje, que quieren ampliarlo. Intenté negarme, pero la periodista me dijo que habían recibido un correo electrónico de dos amigas suyas de la infancia que dicen que comparten un secreto con usted.

—¡Polly y Sarah! —De ser ello posible, la voz de Lucretia se elevó varias octavas.

—¿Las recuerda?

—Claro que me acuerdo de ellas.

—¿Y sabe de qué secreto se trata?

—Sí. —A Lucretia se le quebró la voz y toda la alegría que había estado sintiendo pareció desvanecerse.

—¿Es algo malo? —preguntó Phyllis.

—Podría ser peor, supongo.

—Ah, querida. Bueno, escuche, he hecho que la periodista me entregara el correo electrónico a cambio de la entrevista en casa.

—¿No va a hacer uso de él?

—No puedo asegurarlo, pero creo que no. Polly y Sarah le dirigen a usted parte del mensaje.

—¿Qué es lo que dice? —el corazón de Lucretia latía con furia.

—Espere. —Phyllis dejó el teléfono en el mostrador, bajó el volumen del televisor y recuperó el correo que había guardado en el monedero por seguridad. También sacó las gafas y se las puso—. Muy bien, ahí va:

«Querida Lukey.»

Lucretia dio un alarido.

Phyllis se interrumpió.

—Lo siento —dijo Lucretia, recuperándose enseguida—. Ha pasado tanto tiempo desde que alguien me llamó así por última vez. Continúa, por favor.

—De acuerdo —dijo Phyllis—. Empiezo de nuevo:

«Querida Lukey:
»¿Nos recuerdas? ¿A Polly y a Sarah? No nos lo podíamos creer cuando te hemos visto hoy en televisión. Ha pasado tanto tiempo desde que se te podía ver en cualquier pantalla.»

213

—¡Será bruja! —le interrumpió Lucretia.

—Algo así. —Phyllis continuó:

«*Pero tienes un aspecto fantástico, y queríamos felicitarte por encontrar a un hombre más joven. ¡Ya sabemos que no es la primera vez! ¿Te acuerdas de cuando fuimos a Hollywood para tu fiesta de cumpleaños el día del crack de la bolsa? Menuda nochecita. ¿Te acuerdas del pacto que realizamos entonces? Estamos seguras de que sí. Lamentamos no haberte vuelto a ver desde entonces, ya que te distanciaste de nosotras. Al contrario que tú, nos hemos casado sólo una vez. Nuestros maridos ya han fallecido, y decidimos que sería más divertido vivir juntas que balancearnos solas en nuestras mecedoras.*

»*Los momentos que con más cariño recordamos son aquellos en los que, adolescentes, subíamos hasta el viñedo que había detrás de la bodega de tu padre. Creíamos que entendíamos la vida, ¿verdad?, y qué conversaciones tan magníficas manteníamos allí.*

Después de verte en televisión, empezamos a preguntarnos qué es lo que pensaría la gente si conociera el pacto secreto que hicimos aquella noche de tu fiesta de cumpleaños. Qué risa nos da.»

Lucretia volvió a aullar.

—Sólo queda una línea más.

—¿Qué dice?

«Nos encantaría que te pusieras en contacto con nosotras.»

—¿Cuál es su número? —preguntó Lucretia rápidamente.

—No lo sé.

—¿Por qué no?

—Sólo dan su dirección de correo electrónico.

—¿Dónde viven?

—No lo dice. Ah… creo que vuelve la periodista.

—¡Dile que puede tener lo quiera!

—¿Qué?

—No quiero que contacte con esas dos. Que se ponga al teléfono.

—De inmediato. —Phyllis entregó el teléfono a Lynne, que ya estaba parada junto a ella.

—Hola, Lucretia —empezó Lynne con un tono de fingida alegría que crispó a Lucretia—. Hay tanta gente interesada en todo lo relacionado con usted. El reportaje se les queda corto.

—Qué halagador —contestó Lucretia, y se esforzó por parecer tranquila y dicharachera—. Nos dirigimos a la bodega de mi sobrina y mis sobrinos en el norte de Santa Bárbara para tener una reunión familiar antes de la boda. —Entonces, susurró—: Nunca imaginaria lo que está sucediendo. —Sabía que tenía que darle algo a la periodista para mantenerla alejada de Polly y Sarah.

—¿El qué?

—Tenemos una brigada de veintiún moteros escoltándonos hasta la bodega. Mañana asistirán todos a la boda.

—Qué imagen tan magnífica —dijo Lynne con excitación—. ¿Dónde los conoció?

215

—En un restaurante de carretera.

—¡Me encanta! Lo que de verdad me gustaría conseguir sería que nuestra emisora asociada de Santa Bárbara enviara un equipo que filmara su llegada a la bodega. Espero que puedan llegar a tiempo.

—Tienen cuarenta cinco minutos como poco —dijo Lucretia—. Le diré a Edward que aminore la marcha.

Lynne se rió.

—¡Maravilloso! ¿Le importaría si yo misma me diera una vuelta por allí? Me encantaría entrevistar a sus parientes.

—¿Por qué no? —contestó Lucretia—. Cuantos más, mejor.

—Fantástico.

—Phyllis le dará la dirección. ¿Puedo volver a hablar con ella?

—Claro.

—Hola, Lucretia.

—Dame la dirección del correo electrónico. Me pondré en contacto con esas dos. Usaré el Blackberry, o el blueberry[2] de Edward, o como quiera que se llamen esos ordenadores tan originales.

Edward dio un grito ahogado, y de inmediato intentó simular que era tos.

Phyllis susurró mientras la periodista hablaba con nerviosismo con su jefe por el móvil.

—¿Le importa si le pregunto cual es el pacto secreto?

---

2. El personaje confunde el color de un modelo de ordenador Apple (Macintosh) *blueberry* (arándano) con *blackberry* (mora). *(N. del T.)*

—¡Pues claro que sí! Ahora dame la dirección del correo.

Cuando Lucretia colgó a Phyllis, Edward alargó la mano para cogerle la suya.

—Toda esa palabrería sobre un secreto… Me vas a decir de qué se trata, ¿verdad?

—¡No! Es una cosa de chicas, una tontería, pero no quiero que se entere el mundo —dijo, pestañeando hacia Edward con coquetería—. Además, todos tenemos derecho a guardarnos algunos poco secretos, ¿no te parece?

Ah, sí, pensó Edward, y más que unos pocos. Más de los que te puedas imaginar.

45

Después de cuatro horas de enseñar a los alumnos cómo explotar sus energías creativas y descubrir sus propios carismas, Norman se sentía satisfecho. Era un grupo bastante bueno. Como siempre, había uno o dos estudiantes que pretendían acaparar toda la atención; ocurría en todos los talleres. Una vez había leído que cuando se junta a un puñado de personas al azar, siempre surgen ciertos tipos de personalidades. Alguien que es líder de un grupo podría asumir que se le relegara a un segundo plano dentro de un colectivo diferente de individuos, pero, de una forma u otra, se cumplen todos los papeles. Era casi como si fuera una ley de la naturaleza: por lo general, siempre que tengas un grupo tranquilo, surgirá el payaso de la clase.

—Muy bien, atención todo el mundo —anunció—. La comida se sirve dentro de la casa. Nos volvemos a ver dentro de una hora.

La mayoría de los estudiantes optaron por la comida en grupo, puesto que estaban en un lugar alejado de las montañas… por no hablar de que el precio del seminario incluía la manutención y el alojamiento nocturno. Norman había transformado el sótano en algo parecido a dos dormitorios. El seminario no terminaba hasta las doce o la una de la mañana, y Norman tenía la impresión que cuando los estudiantes se quedaban a pasar la noche, tal circunstancia ayudaba a cimentar el trabajo de romper las barreras y defensas individuales que habían hecho durante el día. Era como un campamento para mayores. También tenía la sensación de que hacía que los estudiantes apreciaran la comodidad de la cama y el espacio propios, algo que podía ayudarlos como actores.

—Sed conscientes de todo lo que os rodea —decía a sus estudiantes una y otra vez—. Cuando miréis a alguien, vedlo realmente; cuando saboreéis la comida, saboreadla de verdad. Acordaos de lo que es tener calor, frío o estar cansados. Sed precisos.

Norman salió del patio trasero y atravesó el granero hacia su casa.

—¿Norman?

Se giró. Era Adele, una de las acaparadoras de atención. De un pelirrojo intenso, tenía un tipo fabuloso e iba vestida con uno de los tops de malla más reveladores que Norman hubiera visto jamás. También se había embutido con calzador en unos vaqueros azules.

—Sí —contestó con cautela.

—Tengo la sensación de tener tremendos problemas en dejarme ir. —Hizo un mohín—. Quiero decir que siento que mi creatividad suplica liberarse, pero aquí dentro todo está bloqueado. —Se puso las manos en el pecho.

Ah, vaya, pensó Norman, me da que nunca has dejado que algo te bloquee.

—Lo trabajaremos después de comer —le aseguró.

Ella le cogió el antebrazo y cerró los ojos con fuerza.

—Gracias. Creo que esta mañana mi vida ha cambiado ya.

—Eso está bien —dijo Norman con rapidez—. ¿Qué hay de la comida?

Adele abrió los ojos.

—Tengo necesidades dietéticas especiales, así que me he traído la mía.

—Fantástico —dijo Norman al tiempo que conseguía soltarse. La gente con menos talento es siempre la que arma más alboroto, pensó. De alguna manera, sabía que Whitney Weldon no era como ésa, y sintió una profunda decepción de que no estuviera allí. Se debatía entre llamarla o no llamarla cuando entró en la casa, donde algunos estudiantes se servían en el bufé de la mesa del comedor, y vio a Ricky de pie en la cocina.

—Eh, colega. —Norman extendió la mano—. ¿Cómo te encuentras?

—Mejor, así que pensé en dar un paseo.

—¿Te apetece comer algo?

Ricky meneó la cabeza.

—Aún sigo un poco flojo. ¿Tienes una cerveza de jengibre?

—Claro. —Norman metió la mano en la nevera de refrescos y sacó dos latas—. Vamos a mi oficina.

Recorrieron el pasillo, dejaron atrás los dormitorios y entraron en el despacho de Norman. Era una habitación confortable con estanterías desde el suelo hasta el techo, una gran ventana con vistas al césped delantero, un gran escritorio de madera con un ordenador y una impresora y un sofá muy mullido apoyado contra la pared que miraba a la ventana. Tomaron asiento en sendos extremos del sofá y abrieron las latas de refresco.

—¿Quieres un vaso?

—No —le aseguró su amigo—. Está bien así.

Norman le dio un trago al refresco.

—Whitney Weldon no ha aparecido hoy.

Ricky pareció desconcertado.

—¿No ha venido?

—No. Yo también estoy sorprendido. Hablé con ella ayer, y pagó con la tarjeta de crédito. Es un jornada que sale bastante cara como para tirarla sin más.

—¿La has llamado?

—Iba a hacerlo, pero luego decidí esperar hasta la hora de comer. Si para entonces sigue sin llegar, entonces intentaré llamarla.

Sonó el teléfono del despacho.

—Seguro que es Dew —dijo Norman, que se levantó y se acercó al escritorio—. Ha bajado a la emisora de radio. —Descolgó el teléfono—. ¿Qué hay?… Hola, cariño… sí, todo va bien… ¿Qué?… ¿Que se están extendiendo los incendios y están pensando en evacuar?… Va a ser mejor que se lo diga a los estudiantes… Si te enteras de algo más, llámame al móvil esta tarde… Lo mantendré conectado durante la sesión… Hablamos luego, ricura.

—¿Qué ocurre? —preguntó Ricky.

—No hemos tenido bastante lluvia, los árboles están muy secos y la zona toda es como un barril de pólvora. Los incendios han empezando a subir hacia el norte y se extienden. Las casas de aquí, de las montañas, son las que más peligro corren. Ahí afuera las condiciones son malas, ni más ni menos. Quiero hablar con los estudiantes por si alguno quiere irse ahora.

Salieron de la habitación a toda prisa. Norman no se percató del mensaje garabateado que la criada le había dejado junto al ordenador.

Los estudiantes comían en el gran cuarto de estar que daba a la cocina. Algunos estaban en los sofás; otros, en el suelo, sentados como los indios.

—Me acaba de llamar mi novia —anunció Norman—. Trabaja en la emisora de radio del pueblo. Alrededor de toda esta zona hay unos cuantos incendios incontrolados que se extienden. Puede que nos obliguen a evacuar.

En la habitación ascendió un grito ahogado colectivo.

—Si alguien quiere irse, podrá asistir al próximo seminario. Deseo que os sintáis cómodos y me gustaría resaltar que todavía no se ha evacuado a nadie. Mi novia me tendrá al corriente. Esta tarde mantendré conectado el móvil, así que si las cosas empeoran nos enteraremos de inmediato.

Justo en ese momento, sonó el móvil de Norman, que lo llevaba sujeto en la hebilla del cinturón. Lo levantó, saludó y escuchó. Meneó la cabeza varias veces y, por fin, colgó.

—Muy bien, escuchad todos. Se ha tomado una decisión. Los jefes de los bomberos están siendo prudentes. Prefieren prevenir. El fuego no ha llegado hasta aquí todavía, pero está demasiado cerca como para estar tranquilo. Tenemos que evacuar la zona. Hora de que todos os vayáis a casa.

—Ah —gimió Adele—. Estaba segura de que esta tarde iba a hacer un avance espectacular.

—La próxima vez, Adele —dijo Norman sin darle ninguna importancia. Se volvió hacia Ricky—. ¿Quieres acompañarme a la emisora de radio?

—Por supuesto.

Por el momento, todos los pensamientos sobre Whitney fueron arrumbados.

46

Charles Bennett tenía una noche de insomnio. Había estado viendo la televisión y había pillado el reportaje sobre la inminente boda de Lucretia con aquel gigoló. Le ponía enfermo; era tan evidente que Edward Fields iba tras el dinero. No importaba que le hubiera aconsejado bien al sugerirle que invirtiera en la empresa de Internet. En una ocasión, hablando por encima de la verja, Lucretia le contó que había decidido salirse mientras las ganancias eran buenas y que nadie podría haberla convencido de que no lo hiciera. Si por Edward hubiera sido, ella se habría quedado sujetando la bolsa como el resto de inversores que habían perdido la mayor parte de su fortuna.

Lucretia era tan lista, pensó, y estaba tan llena de vida. Desde la muerte de su mujer, hacía cinco años, Charles se había conformado con su jardín y no tenía interés alguno en salir con nadie.

«A mi edad, no», le había dicho a alguien que intentaba buscarle una novia, acordándose de lo mucho que odiaba ligar con las chicas cuando era joven. Había trabajado ininterrumpidamente en la industria del cine desde los veintipocos años, y no pocas veces le había asaltado la sensación de que ése era el principal motivo por el que muchas chicas querían salir con él. Cuando por fin conoció a su mujer, sintió un tremendo alivio por no tener que volver a quedar para una primera cita. Supo que ella era la única. Eso había sido hacía cincuenta y siete años, ¡y nunca más había vuelto a salir con una mujer!

En cuanto Lucretia se mudó, Charles quiso pedirle que cenara con él. Estaban hablando por encima de la verja cuando el empalagoso pelele había aparecido llamándola «mi vida». Charles captó el mensaje que se le enviaba y se alejó asqueado. Desde entonces, siempre que Lucretia se encontraba sola en la piscina, intentaba saludarla. Si estaba Edward, Charles evitaba aquel lado del patio.

Esa mañana, después de levantarse de la cama, cansado por la falta de sueño, Charles se había dirigido a la ciudad a hacer algunos recados, inclusión hecha de un regalo de boda para Lucretia. Cuando volvió, había aparcada una furgoneta de la televisión delante de la casa de Lucretia, mientras que los empleados del servicio de comidas se afanaban en instalar mesas en el patio trasero. Los cámaras de televisión iban de un lado a otro filmando todo aquel trasiego. Charles no tenía decidido aún si asistiría a la boda; el asunto en sí le cabreaba. Sabía que Lucretia lo iba a pasar mal. Pero a Charles le preocupaba algo aun peor: ¿quién sabía de lo que era capaz el tipo con el que se iba a casar Lucretia?

A Charles le intrigaba lo que pensaba Phyllis de todo el asunto. Llevaba de doncella en la casa más de veinte años. Charles no la conocía bien, sin duda, pero la había visto multitud de veces a lo largo de los años, cuando él y su esposa asistían a las fiestas que organizaban los anteriores dueños, los Howard. Esos sí que eran una pareja sensacional. Charles se rió. Ni siquiera se habían molestado cuando Phyllis asedió al productor de un concurso televisivo con el ruego de que le permitiera participar en el mismo. Al productor le había costado Dios y ayuda convencerla de que no podía serle útil porque la había visto varias veces, y de que, después de los escándalos acaecidos en los concursos de televisión durante los años cincuenta, las normas eran muy estrictas.

Charles se preparó una taza de té y se sentó en la mesa del comedor con el periódico. Leyó los titulares, pero su mente seguía dando vueltas a todo lo que estaba pasando en la puerta de al lado. Ya sé, pensó finalmente, el coche de Lucretia no está. A lo mejor me paso un momento, dejo el regalo de bodas y veo si puedo charlar un rato con Phyllis y consigo que aborde la situación. No es que pueda hacer algo al respecto, pero sin duda me gustaría intentarlo.

47

Rex se escondió detrás de un gran roble durante varios minutos observando a la mujer que había visto en la parte trasera del establo. Regresaba a la casa, caminando con calma a través de los viñedos. Cuando consiguió verla bien, la reconoció: ¡la mujer de la tienda de regalos! Rex había entrado allí antes de la clase de meditación.

¿Qué narices estaba haciendo levantando la tierra? Buscando un hueso, lo más probable, pensó; y en su hora de la comida, nada menos. No son buenas noticias, sin duda. Si encontrara a Whitney en el establo, se acabaría todo.

Veinticuatro horas más, pensó, veinticuatro horas y todo habrá acabado. Tras asegurarse de que no había nadie más por los alrededores, corrió hasta la puerta del establo, entró a toda prisa y cerró la puerta de inmediato. Permaneció inmóvil durante un instante, el corazón latiéndole con fuerza. De la esquina donde estaba el coche llegó el sonido de unos golpazos. Le parecía increíble; Whitney debía de haberse vuelto loca. Evidentemente intentaba llamar la atención.

Corrió hasta el coche y abrió una de las puertas traseras del Jeep.

—Para ya —gruñó—. Estás haciendo que me enfurezca de verdad y tú no quieres que eso ocurra.

Whitney se quedó paralizada.

—Vengo hasta aquí como un buen chico a traerte algo de comida, y mira como me lo pagas.

El cuerpo de Whitney se tensó de los pies a la cabeza. Fue consciente de que Rex estaba muy nervioso y de que podía ser peligroso; se dio cuenta de que lo mejor que podía hacer era no enfadarlo.

—Te he traído un bocadillo para la comida. Y como tal vez sepas, o tal vez no, hay un pequeño aseo en una esquina del establo. Puede que no sea de lo más lujoso, pero algo me dice que lo agradecerás. Si intentas algo, te pego un tiro, y luego iré y mataré a tu familia. ¿Entendido?

—No tengo ganas de ir —consiguió articular Whitney con rencor a través de la mordaza. No podía valerse por sí misma. Si pensaba que iba a insultar su dignidad quedándose parado junto a ella mientras «utilizaba el servicio», lo llevaba claro. Se sintió inmensamente feliz de no haber bebido nada antes de salir de casa aquella mañana.

—Bueno, así que eres un camellito, ¿eh? —dijo en un tono de asombro—. Y además valiente. Seguro que entonces tampoco quieres comer. —Tiró la bolsa en la parte trasera del coche—. Va a ser duro comer estando completamente atada.

Conteniéndose para no cerrar la puerta del Jeep de un portazo, Rex salió con rapidez del establo. Se dirigió a toda prisa al arroyo y decidió tomar otro camino para volver a la casa. Subiría por la montaña y bajaría cuando estuviera más cerca de la casa principal, de manera que si alguien le veía pensara que volvía desde una dirección completamente diferente.

Una cosa era segura: quería alejarse todo lo posible de Estados Alterados. En cuando Eddie llegara, hablaría con él en privado y se pondría en marcha. Si la mujer de la tienda de regalos descubría a Whitney, se vería en un gran apuro y no tenía necesidad de más problemas. Lo que pasaba es que estaba demasiado familiarizado con la policía y sus procedimientos, y era bien consciente de que si Whitney era localizada, le podían incriminar. Aunque Whitney no lo había visto jamás, lo más seguro es que hubiera fibras de su ropa en el coche. Tenía que hablar con Eddie y advertirle también sobre Regan Reilly. Aquella mañana la había sorprendido observándolo en la clase de meditación. Era demasiado entrometida para su bien.

Mientras subía la montaña empezó a sudar. Lo que había parecido un trabajo fácil cada vez se complicaba más. ¿Quién hubiera pensado que Eddie iba a salir ese fin de semana en todas las televisiones del país? ¿Quién podría haber imaginado que contratarían a una detective privada para encontrar a Whitney? ¿Quién habría sido capaz de predecir que una idiota que trabajaba en la bodega se iba a poner a excavar detrás del establo donde estaba escondida Whitney?

Cuando llegó a la cima, detectó un ligero olor a humo. Había oído que se habían declarado varios incendios en las colinas del norte. Miró hacia el establo, levantándose, solitario, a considerable distancia de los demás edificios de Estados Alterados. Si el fuego llegaba hasta la finca, sería el último edificio del que se preocuparían. De un montón de porquería así, lo más probable es que se alegraran de que se desvaneciera en el aire.

—Ya lo siento, Whitney —masculló entre dientes—. Parece que no vas a asistir a la boda de tu tía Lucretia… y puede que a ninguna otra boda. De verdad que me gustaría ayudarte. —Se dio la vuelta, al tiempo que juraba no volver a posar los ojos ni en aquel establo ni en Whitney nunca más.

Los detectives de la policía de Nueva York reunían pruebas en el apartamento que el ladrón de obras de arte recién detenido poseía en el Lower East Side. Se habían incautado de un ordenador, una agenda, documentos personales, un contestador automático y un registro identificador. Este último conservaba los números de las últimas cien llamadas realizadas a aquel número. Un rápido examen reveló un sinfín de ellas realizadas en el área de Nueva York desde teléfonos móviles. Eran fáciles de identificar porque la mayoría de los usuarios de móviles de la ciudad tenían el prefijo 917.

Todas las llamadas registradas habían sido efectuadas durante la última semana.

—Estoy impaciente por averiguar a quiénes pertenecen todos esos números de teléfono —declaró uno de los detectives.

En un armario empotrado los detectives encontraron unas gafas de esquiar, algunas herramientas para el robo, pinturas, relojes antiguos, tapices, cuberterías, cerámicas y cristalerías… Todo, evidentemente, robado.

—Me agrada comprobar que tiene buen gusto —masculló uno de los inspectores.

—¡Vaya, mira el avispado este! —proclamó el detective jefe. De una estantería del comedor abarrotada de objetos sacó una foto enmarcada. La imagen estaba parcialmente oculta por todas las chucherías y trastos viejos que competían por el espacio.

—¿Qué tienes ahí? —le preguntó su compañero.

—Un cuarteto de barbería, excepto que no llevan los sombreros y las pajaritas a juego. Sólo los tatuajes.

—¡Demonios!

Cuatro tíos con aspecto de no ser exactamente probos ciudadanos se levantaban las camisetas. A todas luces la foto se había sacado en un bar después de que se hubieran tomado unas cuantas copas. Todos tenían una calavera y unas tibias cruzadas tatuadas debajo del ombligo.

—Atractivos, ¿eh? Algo me dice que a estos tíos les une algo más que la bebida y los tatuajes.

49

—Qué sitio tan encantador —dijo Nora con admiración cuando entraron en el pabellón principal.

Lilac pareció complacida.

—Gracias. A nosotros nos gusta.

—Regan nos ha dicho que no hace mucho que tienen ustedes la bodega.

—No, no hace mucho —corroboró Lilac mientras se metía detrás de la recepción.

—No me había percatado de lo popular que se había hecho esta zona a causa de sus bodegas —prosiguió Nora.

Lilac se rió.

—El mundo exterior está empezando a descubrir las bodegas de la costa meridional central, y no dejan de surgir nuevos viñedos por todas partes. En la zona hay unas cuantas bodegas que empezaron a funcionar a finales del siglo XIX y principios del XX y que cerraron a causa de la Ley Seca, y ésta es una de ellas. Y hasta 1962 no abrió la primera bodega post-Prohibición en el condado de Santa Bárbara.

—El clima es perfecto, el paisaje es impresionante, y en realidad, no estás lejos ni de Santa Bárbara… ni de Los Ángeles. Estás cerca del mar y tienes las montañas en el patio. —Nora se volvió hacia Luke—. Tal vez deberíamos comprar una casa aquí.

Luke la rodeó con el brazo.

—Dices lo mismo de cada sitio que visitamos.

—Ya lo sé.

Regan ayudó a sus padres con las bolsas. Lilac les dio una habitación en una esquina, al final del pasillo, más grande que aquella en la que estaba instalada Regan.

—Supongo que sabía que ibais a venir. Mi habitación es mucho más pequeña.

—La pagaremos —ironizó Luke.

—Bueno, me pregunto qué es lo que estará reservando para Lucretia. —Regan se sentó tranquilamente en la meridiana del rincón y consultó su reloj de pulsera. Pasaba un poco de las dos.

—¿Qué os gustaría hacer esta tarde?

—Lilac dijo que le gustaría que nos reuniéramos todos en la terraza trasera a las cinco para tomar una copa de vino. Y luego, a cenar —contestó Nora. Se giró hacia Luke, que ya se había estirado en la cama—. Cielo, ¿qué te apetece hacer hasta entonces?

—Esto me parece estupendo.

Nora se rió.

—No me importaría echar una cabezadita, y después podemos dar un paseo.

—La tienda de regalos está al otro lado —les informó Regan—. Y estoy segura de que a Earl le encantaría meditar con vosotros.

—No, gracias —contestó Luke a toda prisa.

—Me lo imaginaba —dijo Regan riéndose entre dientes. Se levantó—. Quiero intentar hablar con Whitney; aunque su madre no esté preocupada, yo sí lo estoy. ¿Por qué no descansáis un rato? Estaré por ahí.

La explosión de los motores de veintiuna motocicletas destrozó el apacible silencio de la habitación. Los tres pegaron un brinco.

—¿Qué es eso? —gritó Nora.

—¡Ni idea! —Regan corrió hasta la puerta y siguió haciéndolo por el pasillo, con Luke y Nora pisándole los talones. Lilac, casi presa del pánico, ya había salido a toda prisa por la puerta principal, que dejó abierta de par en par.

Afuera, en el aparcamiento, una pandilla de moteros rodeaba un Rolls-Royce.

—Mamá, papá…, algo me dice que ha llegado Lucretia.

El camarero se alejó portando de veintinco [...]
devolvió el apetito. Después de la broma, los tres com-
renzar bien.

—Siéntese —contestó Marie Claire [...]

—Yo tocaré la campanilla cuando le necesite —dijo
el inglés [...] camarero. Lo he [...] que me hable de
ese Julio. Estoy ansioso [...] vida [...] que todos dicen
[...]

—Ahora mismo [...] abró sobre de su cur-
juga, en el que conservaba una pastilla de menta en
mangas de bullía, dijo.

—Marie Claire, supongo que me las hands [...]

50

A Polly y a Sarah les gustaba acercarse al centro de San Luis Obispo los sábados. Durante los fines de semana, el pueblo estaba abarrotado de estudiantes de la Cal Poly, tal y como era conocida por los lugareños la oficialmente denominada Universidad Politécnica del estado de California. A treinta y dos kilómetros de la costa, San Luis Obispo era una encantadora localidad acurrucada entre onduladas y exuberantes colinas. Polly y Sarah habían crecido en aquellas colinas y habían vuelto para, como les gustaba explicar, «vivir sus vidas en el pueblo donde nacieron y donde se inventó el motel en 1925».

Alguien se podría preguntar por qué les gustaba ir al centro el sábado, cuando estaba tan abarrotado. Ambas sentían que les provocaba una sacudida ver a todos aquellos chavales bebiendo café en las cafeterías, yendo de compras y subiendo y bajando a toda prisa las calles, flanqueadas de árboles, de las tiendas y los cafés.

—Los sábados es de lo más vibrante —decían—. Eso y los jueves por la noche, cuando se celebra el mercadillo callejero de los granjeros.

Antes de desayunar habían consultado el ordenador, pero hasta el momento no había ni rastro de Lucretia.

—¿Crees que nos ignorará? —preguntó Polly.

Sarah le dio un sorbo al café y consideró la pregunta durante un instante.

—No creo. Le acabamos de enviar esta noche el correo electrónico a la emisora de televisión, y puede que no lo haya recibido todavía. ¿Qué tal si probamos a llamarla? Tal vez esté en la guía de Beverly Hills.

—¡Ni hablar! Si no se pone en contacto con nosotras, entonces peor para ella. Y si la emisora de televisión quiere venir a hablar con nosotras sobre el secreto, pues muy bien.

—¡Polly!, eres mala —dijo Sarah riéndose entre dientes mientras le daba un mordisco a uno de los pasteles de arándonos caseros que había horneado la víspera. Los míos son mejores que lo que hace Polly, pensó. Pero, de vez en cuando, Polly insistía en hacerlos y nunca utilizaba la taza medidora. Eso la sacaba de quicio.

Después de desayunar fueron en coche hasta el pueblo con Sarah al volante; Polly había dejado de conducir. Aparcaron, dieron un paseo, hicieron los recados y, por fin, llegaron a su café favorito para comer. A petición propia, se sentaron fuera, así podían observar a los transeúntes. Hacía un día precioso, algo frecuente en la zona. Por lo general se sentaban y comían, y luego se eternizaban con una taza de té hasta que llegaba la hora de irse a casa.

La mesa de Polly y Sarah estaba en una esquina, junto a un quiosco de prensa al aire libre. El asiento de Sarah miraba hacia el despliegue de revistas y periódicos expuestos. De un gancho, en primera fila y centrado, colgaba un periódico local. Sarah entrecerró los ojos para enfocar mejor los titulares.

—¡Maldición! —exclamó en voz baja.

—¿Qué te pasa? —preguntó Polly—. ¿Te quieres cambiar el sitio o qué?

—Dios, no. —Sarah se levantó de golpe—. Vuelvo enseguida.

Como quiera que las mesas del exterior estaban rodeadas por una verja, tuvo que volver a entrar en el restaurante y salir por la puerta principal.

Al pasar por las mesas, Polly la llamó.

—¿A dónde vas?

Sarah la ignoró. Se acercó al quiosco y compró un ejemplar del *Luis Says*, el periódico decano de la zona. El periódico familiar estaba dirigido a la sazón por Thaddeus Washburne, Jr., el setentón hijo del fundador. El titular central de la primera plana rezaba así: NUESTRA LUCRETIA STANDISH DE NUEVO NOTICIA.

En la esquina superior de la primera página aparecía una pequeña foto de Lucretia.

Sarah pagó el periódico y volvió a toda prisa a la mesa, a donde llegó sin resuello por el esfuerzo.

—¿Quieres ver esto? —preguntó a Polly, que había decidido volverse a sentar y esperar a que Sarah se reuniera con ella. A veces podía ponerse tan condenadamente nerviosa.

—¿Qué es?

—Viene un artículo sobre Lucretia.

Polly se inclinó hacia delante.

—¿Qué dice?

Sarah volvió la página.

—¡Ay, no!

—¿Qué?

La boca de Sarah se movía al compás de la lectura, pero no emitía ningún sonido.

Polly se volvió a recostar en la silla. Ya empezamos, pensó, refiriéndose a lo que había llamado «el momento de Sarah».

Sarah meneó la cabeza y volvió a pasar la página.

—¡Ay, no!

—¡*Qué*!

—Viene una foto de nosotras tres tomada en aquel festival de la playa al que fuimos a bailar.

—Dame eso. —Polly le quitó el periódico de las manos. La foto de Lucretia, Polly y Sarah levantando las piernas estaba en el centro de la página con el pie siguiente: «Lucretia Standish con dos amigas no identificadas bailando en el Festival de la Playa. *Circa* 1919».

—¿No identificadas? —dijo Polly con brusquedad—. ¿Cómo pueden no saber nuestros nombres?

—¿Y de dónde han sacado esa foto? No creo haberla visto jamás.

Polly empezó a leer el artículo.

—No dice nada nuevo —dijo Sarah con rapidez—. Calmémonos y vayamos a la oficina del periódico. Merece la pena que les digamos quienes somos para que puedan publicar una corrección.

—Mira que te gusta enredar.

51

Frank y Heidi tenían un mal día. Habían visitado a otros dos inversores potenciales y sólo uno de ellos había aflojado un cheque... por unos míseros mil dólares.

—Con eso no pagamos ni las rosquillas del desayuno —se quejó Heidi—. Navegamos contra corriente y sin remos.

Se dirigían al norte por la 101, camino de Estados Alterados.

Frank no se podía creer que se dirigieran a la bodega de la familia de Whitney. No se atrevía a decírselo a Heidi. Se daba cuenta de qué significaba que Lucretia Standish fuera pariente de Whitney; tal vez estuviera dispuesta a invertir en la película a causa del papel tan bueno que Whitney tenía en la misma.

Había dos cosas que le preocupaban. ¿Pasaría un mal rato Whitney si unos representantes de la película en la que estaba trabajando aparecían para pedirle dinero a una de sus parientes? El otro problema, aún más importante, era que todavía no le había devuelto la llamada. ¿Dónde estaba? Frank no habría podido contestar a su llamada delante de Heidi, pero había consultado su móvil infinidad de veces. Whitney ni siquiera había intentado ponerse en contacto con él. ¿Estaba enfadada por algo? ¿Qué pasaría si había ido a la bodega?

—Es un buen guión, ¿no te parece? —le preguntó Heidi en un intento de tranquilizarse.

—Es un guión magnífico, y creo que la película tiene posibilidades reales. —Dudó un instante. Tengo que decirle que nos dirigimos a la bodega de la familia de Whitney, pensó, porque a veces Heidi exagera en su rollo sobre la película. No es que mienta, es sólo que a veces se lía a hacer promesas sin fundamento. Acabaría pareciendo una idiota cuando se desvelara que Whitney es pariente de esa gente. Y por supuesto que acabará desvelándose. Sería mejor que Heidi estuviera preparada, así podría mentir sobre el gran talento de Whitney, lo bien que está en la película y la importancia de ésta en su carrera… todo lo cual es verdad—. ¿Cómo dijiste que se llamaba esa bodega? —le preguntó Frank.

Heidi consultó sus notas.

—Estados Alterados

—¿Sabes? —dijo con parsimonia—, ese nombre me es familiar. ¿Dónde lo he oído antes? Mmm… Ya sé… Es la bodega de la familia de Whitney Weldon.

—¿Qué? ¿Su familia tiene una bodega? —Miró a Frank con desconfianza. Luego, recorrió sus notas de un vistazo—. ¡Espera un minuto! Lucretia Standish dijo que iba a la bodega de su sobrina y sus sobrinos, lo cual significa que son parientes. —Su expresión cambió a una enorme sonrisa—. Podría hacer más fácil conseguir que Lucretia invierta.

—Esperemos. —Frank encendió la radio. Tenía la sensación de que Whitney estaba en apuros. Bueno, supongo que no tardaré en averiguarlo.

—¿Cuándo te dijo Whitney que su familia tenía una bodega? —le sondeó Heidi.

Ya estamos, pensó Frank. Deseó poder encontrar algo más para fastidiar a Heidi. Para él, Heidi era, a su manera, una buena productora con la que se podía trabajar. Lo único que necesitaba era conseguir alejar de su mente cualquier pensamiento de idilio.

—En la primera prueba —contestó.

—¿Y cómo surgió el tema? —presionó Heidi.

Frank suspiró.

—Le dije que Whitney Weldon era un buen nombre para una actriz. Se rió y dijo: «¿Y qué te parece Freshness Weldon?».

Heidi torció el morro.

—¿Freshness Weldon?

—Su madre fue hippy, y así fue como le pusieron al nacer porque aquel día el aire era muy fresco. Luego, añadió que su familia tenía una bodega a la que su madre había bautizado como Estados Alterados. —Frank se rió—. Estuvo realmente graciosa cuando contó la historia.

—Qué listo —dijo Heidi de manera cortante—. Es gracioso que el nombre de Estados Alterados no te sonara antes, porque, sin duda, la historia de Whitney la recuerdas muy bien. —Sacó el móvil—. Tengo que llamar a mi secretaria.

Qué alivio. Nadie te llamaría Freshness jamás, pensó. Whitney es Freshness. Así es como tendré que llamarla de ahora en adelante. Seguro que se ríe de esa manera suya tan atractiva.

Estaba impaciente por verla.

52

—¿Será posible? —susurró Nora mientras presenciaban la bajada del coche de Lucretia al estilo de la gran estrella del cine que había sido, saludando con la mano a la creciente multitud de observadores boquiabiertos.

Earl estaba dirigiendo una clase de meditación en el momento de la llegada de las motos. Ni que decir tiene que la paz y la tranquilidad del estudio se evaporaron. Las palabras de Earl acerca de que la meditación era el camino para la iluminación se olvidaron en cuanto sus alumnos se levantaron de las esterillas de un salto y salieron desbocados de la sala.

—Calma, calma, calma —ordenó Earl en vano—. Si no puedes con tu enemigo, únete a él —masculló entre dientes cuando, él también, corrió en busca del origen del jaleo. Un instante más tarde, sin salir de su asombro, estaban todos afuera mirando de hito en hito a los Especialistas de la Carretera. Un equipo de televisión lo estaba filmando todo: a los moteros, a Lucretia saliendo del Rolls y a las reacciones de la gente que salía de la sala de cata y del centro de meditación.

—Ahí está el futuro señor de Lucretia Standish. —Regan se fijó en Edward Field cuando salía del Rolls llevando unas gafas oscuras que le cubrían la mitad del rostro. Parecía alguien que volviera a casa después de que el cirujano plástico le hiciera un trabajito en los ojos, alguien que, a todas luces, no quería ser reconocido—. Salgamos —le dijo a sus padres.

Lilac, Earl y Leon, de pie uno al lado de los otros, saludaron con respeto a su largamente perdida o desconocida tía Lucretia. Su futuro tío Edward se mantenía a distancia, como un auténtico príncipe consorte. Los moteros se habían apeado de las motos y, como si estuvieran planeando quedarse, se quitaron los cascos. Regan pensó que algunos se estaban acicalando para la cámara.

—Menuda escena —dijo Regan a sus padres en un susurro cuando Lilac les pidió que se acercaran.

Lilac hizo las presentaciones.

—Les presento a Lucretia y Edward.

Nora y Luke estrecharon la mano a Lucretia.

—¿Nora Regan Reilly, la escritora? Si he leído todos sus libros —exclamó Lucretia.

—Gracias.

—Y ésta es Regan Reilly —dijo Lilac—. Es detective privada. La llamamos para que nos ayudara a encontrar a Whitney, que se había ido a pasar fuera el fin de semana antes de saber lo de tu boda.

—¿Y la encontró? —preguntó Lucretia con inquietud.

—Anoche regresó a casa inopinadamente. Hoy se ha ido a un seminario de interpretación, pero estará aquí mañana.

—¡Fantástico! No veo el momento de hablar con ella de su trabajo.

A Regan le gustó Lucretia de manera instintiva. Tenía el aspecto de un frágil pajarillo con una energía sin límites. Cuando Regan estrechó la mano a Edward, no le sorprendió sentir una antipatía inmediata hacia él. Tenía la palma de la mano húmeda, su apretón de manos era fofo y parecía distante.

—Encantada de conocerlo. ¿Edward es su nombre? —preguntó.

—Sí —contestó mirando más allá de Regan.

Odio que la gente haga eso, pensó Regan mientras se volvía para ver qué es lo que había atraído la atención de Edward. Saliendo de entre los viñedos, apareció Don, su vecino de la clase de meditación. Su tatuaje de la calavera y las tibias cruzadas no se podía comparar con los de los moteros, pensó Regan.

—Estos encantadores chicos nos han escoltado hasta aquí. —Lucretia hizo un gesto hacia el grupo—. Y mañana vendrán a la boda. Dirt, ése de ahí, me dio un paseo en su moto cuando los conocimos en el restaurante camino de aquí.

—Qué amable por su parte —dijo Leon con cautela. No estaba seguro de que le gustara tener una pandilla así en su finca.

—¿Qué tal si tomamos todos una copa de vino? —gritó Lilac para que la pudieran oír todos.

—No bebemos cuando conducimos —declaró Dirt. Sin duda, era el jefe—. Es difícil tener un conductor suplente cuando todos van en moto, ¿sabes? —Apuntó con sus dos índices—. Sólo bebemos cuando llegamos a donde vamos a pasar la noche.

—¿Y dónde van a pasar la noche? —preguntó Lilac.

—Aún no lo sabemos. Tenemos sacos de dormir. Ya veremos.

—Quedaos aquí —gritó Lucretia—. Nos lo pasaremos estupendamente. Luego, por la mañana podemos ir todos juntos a la boda a lo grande.

—Nos encantaría que se quedaran —dijo Lilac, no muy convencida—. Pero no tenemos habitaciones suficientes.

—Nosotros dormimos bajo las estrellas —dijo Dirt—. Estos fines de semana los cogemos como vienen.

—A mi hija le encanta los fines de semana de dejarse llevar —dijo Lilac con entusiasmo.

—Ya no —masculló Leon.

—¿Qué has dicho? —le preguntó Lucretia.

—Nada. Es que cuando Whitney desaparece y no sabemos nada de ella nos preocupamos.

Sobre todo cuando hay varios millones de dólares en juego, pensó Regan.

—Estaremos encantados de que se queden aquí esta noche y duerman bajo las estrellas —propuso Lilac—. Y de que paseen, se diviertan y cenen con nosotros.

—No queremos molestar a nadie —dijo Dirt—. Todo este escándalo es porque sólo queríamos asegurarnos de que la damita Lucretia llegara sana y salva. No queremos que le ocurra nada —dijo sin dejar de mirar a Edward mostrando los dientes en una sonrisa de advertencia.

Interesante, pensó Regan. Estos tipos conocen la historia de Edward. Observó cómo Edward se limpiaba la frente y se esforzaba en sonreír.

Leon se dio cuenta de que a Lucretia le divertía la pandilla motorizada. Y sabe Dios que lo único que queremos es hacerla feliz, pensó.

—Nos encantaría que se quedaran —dijo, por fin, con aire de autoridad—. No es ningún problema.

Dirt se apoyó en su moto, se cruzó de brazos y pareció meditar el asunto. La cámara no dejó de filmarlo ni un instante, y él explotó la atención todo lo que pudo. Se volvió hacia su pandilla: nadie movió un músculo. Se giró de nuevo—. Aceptamos su oferta, pero sólo si podemos ir a comprar la comida para la cena. ¿Tienen parrilla?

—Una enorme en la terraza —dijo Lilac con orgullo.

—Bien. Traeremos hamburguesas y perritos calientes y quizás algunas mazorcas, ensalada de patatas y cosas así. Luego, degustaremos su vino.

Lucretia empezó a dar saltos de alegría.

—¿No es divertido, Edward? Vamos a tener una auténtica cena de ensayo.

Edward consiguió esbozar otra débil sonrisa.

Regan tuvo la convicción absoluta de que Edward no se estaba divirtiendo tanto como Lucretia. Nos debe estar odiando a todos, pensó. Lo único que quiere es casarse con ella, coger su dinero y acabar con todo lo antes posible.

Dirt se aclaró la garganta.

—Lucretia me ha dicho que era la primera vez que se reunía con ustedes, así que nos iremos y los dejaremos un rato a solas, ya saben, un agradable rato familiar mientras exploramos los alrededores y compramos algo de comer. Volveremos sobre las seis y, entonces, encenderemos la parrilla. Y brindaremos por la feliz pareja. ¿Qué les parece?

—Maravilloso —contestó Lilac—. ¿Cree que podrían traer algunas hamburguesas de pavo?

—Eso está hecho.

Cuando los muchachos empezaron a subirse a las motos y Lucretia empezó a cotorrear sobre lo feliz que se sentía, uno de los moteros se acercó a Edward. Regan oyó sin querer que le preguntaba si deseaba algo especial para la cena.

—Pareces de los que les gusta el pollo —le dijo el motorista de una manera extraña.

—Una ham… ham… hamburguesa estará bien —tartamudeó Edward.

—Una hamburguesa pues —repitió el cráneo tatuado antes de alejarse.

Qué extraño es esto, pensó Regan, todo esto es muy extraño. Lo que iba a ser una íntima noche familiar en Estados Alterados se ha convertido ahora en una parrillada con una pandilla de moteros que dormirán bajo nuestras ventanas. Pero eso no le preocupaba a Regan; lo único que le importaba era comprobar que Whitney estaba bien. No había devuelto la llamada y eso era preocupante.

Cuando los moteros desaparecieron por el camino, levantando una polvareda, y los meditadores y los degustadores de vino volvieron a sus ocupaciones previas, el resto del grupo empezó a entrar en el hotel.

Lilac se volvió hacia el equipo de filmación.

—¿Os gustaría entrar?

—Si no les importa, ahora íbamos a dar una vuelta por ahí para filmar la bodega —contestó el ayudante del cámara—. Nos uniremos a ustedes más tarde.

—Vengan conmigo —dijo Leon con orgullo—. Les mostraré el equipamiento. Podrán ver cómo elaboramos nuestro maravilloso vino.

¿Quién más va a aparecer?, se preguntó Regan.

Entonces, aconteció algo que también se le antojó extraño.

Edward estaba sacando el equipaje del coche cuando Don Lesser surgió de las sombras y se ofreció a ayudarle. No supo por qué, pero le pareció extraño.

Deja que entre y llame a Whitney, pensó. Y, por supuesto, me gustaría hablar con Jack.

53

Bella alucinaba pepinillos. Había oído de pasada todo lo que se estaba hablando en el aparcamiento con aquella panda de bichos raros. ¡Iban a pasar la noche en Estados Alterados! ¿Qué pasaría si empezaban a deambular por la propiedad y descubrían los agujeros en el suelo y los montones de arena detrás del establo? La descubrirían. O Lilac y sus hermanos podrían empezar a cavar por sí mismos y descubrir el tesoro del abuelo Ward. No podía permitir que tal cosa ocurriera.

¿Qué sucedería si aquella patulea le diera por dormir «bajo las estrellas» allí detrás?

Durante la semana que llevaba trabajando en Estados Alterados, Bella había conseguido conocer el terreno que pisaba. Earl vivía permanentemente en una nube en el centro de meditación, Lilac se pasaba los días preocupándose de la tienda de regalos y el hostal en el pabellón principal y Leon rara vez salía del edificio de la bodega. Se pasaba el día con sus tanques de acero inoxidable, sus barricas de roble, sus trituradoras, prensas y tinas y cualesquiera otros aparatitos de los utilizados en el proceso de producción de una botella de vino.

Ninguno de los Weldon había mostrado interés alguno en pasear por el establo. Bella estaba razonablemente segura al respecto. Pero, ahora, esos moteros…

Una mujer y su hija adolescente se entretenían curioseando en la tienda de regalos. Bella había servido vino a dos parejas que habían sacado sus copas a las mesas de merienda. Estaba deseando que se fueran todos, ansiosa por salir corriendo de allí y volver al terreno de detrás del establo. Decidió llamar a Walter y decirle que moviera su lamentable trasero hasta la bodega y empezara a cavar. ¡Cuánto lo siento por su espalda! Podrá permitirse un masaje diario si encontramos una olla de oro.

Había un teléfono en el mostrador que Bella podía usar para realizar llamadas locales, pero tenía miedo de que alguien pudiera oír la conversación sin querer. Cuando no hubiera moros en la costa, haría una llamada rápida. Si se fuera esta gente de aquí.

Por fin, la mujer se acercó a la caja con una docena de velas en las manos.

—¿Tienen siempre por aquí a esa clase de moteros? —le preguntó mientras Bella empezaba a marcar las compras.

—Ah, no creo —dijo Bella—, pero he empezado a trabajar aquí hace una semana.

—No me diga.

—Sí. —Bella le dio la vuelta en seguida y colocó las velas en una bolsa de regalos. Quería largar a los clientes de allí cuantos antes. Se moría por llamar a Walter.

—Esto es tan bonito. Acabamos de llegar desde Los Ángeles. En la radio han dicho que los incendios se están extendiendo por todo la zona. Espero que no causen demasiados estragos.

—Ha sido una primavera muy seca —reconoció Bella—, lo que lo hace bastante peligroso. —Ahora, por favor, vete, pensó.

Era evidente que la mujer no había terminado de charlar. Mientras hurgaba en el bolso buscando las llaves, continuó:

—Estaban entrevistando a un tipo en la radio que vive en Ocenaview. Han tenido que evacuar un colegio donde estaban dando las clases de los sábados.

La hija, que hasta entonces no había dicho ni mu, soltó de repente:

—Los alumnos deben de haberse alegrado.

—Ah, pero cariño, hablamos de que hay unos incendios por aquí; no es para tomar a broma.

La chica se encogió de hombros.

Largo, gritaba Bella para sus adentros, largo de aquí ahora mismo. Si el fuego alcanza esta finca, jamás encontraré mi tesoro.

—¿Tienes todas las velas que querías? —le preguntó la mujer a su hija.

La chica asintió con la cabeza.

—Bueno, pues adiós.

—Adiós —gruñó Bella prácticamente. Descolgó el auricular y marcó a toda prisa el teléfono de su casa.

—¡Walter —gritó cuando contestó su marido.

Walter estaba tumbado en el sofá del pequeño apartamento alquilado.

—¿Sí?, hola cariño.

—Fuera del sofá.

—¿Cómo sabes que estoy en el sofá?

—Soy adivina. Escucha, tienes que empezar a cavar detrás del establo ahora.

—¿Qué?

—Tienes que hacerlo.

—¿Por qué?

—Porque no nos queda mucho tiempo. Una panda de moteros se va a quedar esta noche en la propiedad, los incendios se están extendiendo, un equipo de televisión anda husmeando por todas partes y parece haber un millón de razones para que el tesoro pueda escurrírsenos de las manos.

Walter tenía puesto el partido de béisbol.

—Pero me duele la espalda.

—¡Walter!

Walter sabía que no tenía elección, como de costumbre.

—Ah, está bien —accedió. Bella le había indicado el camino que conducía al viejo establo, así que sabía exactamente a donde tenía que dirigirse.

—Ve a comprar otra pala. Me reuniré contigo en cuanto termine aquí. Y espero que, para entonces, hayas removido un montón de tierra. —Justo en ese momento entró un hombre en la tienda de regalos. Bella le había visto llegar desde los campos cuando todos estaban afuera recibiendo a Lucretia.

—Muy bien, tesoro —dijo Bella con buen humor—. Hasta luego.

—Me gustaría probar algún vino. ¿Puedo sentarme en aquella mesa de allí?

—Por supuesto —dijo Bella agradablemente, feliz una vez que había puesto a Walter en funcionamiento.

Al cabo de un rato, también entró el futuro novio.

—Hola —le saludó Bella—. Mi enhorabuena.

—Gracias —contestó con nerviosismo—. ¿Cómo lo ha sabido?

—Le vi ahí afuera.

Edward miró en derredor.

—Solo quiero comprar un regalo —le confió.

—¿Y qué me dice de probar un vino antes? —sugirió Bella.

—Me parece magnífico.

—Tome asiento —le animó Bella mientras preparaba dos copas.

Los dos hombres se sentaron a una larga mesa. Era totalmente imposible que Bella imaginara que estaban allí no solo para hablar entre ellos sino también para estudiarla.

—Mi abuelo era el antiguo dueño de esta bodega —dijo sin que nadie le preguntara mientras les servía el vino. Levantó la vista cuando oyó que entraba alguien—. Hola, Regan —la llamó Bella—. ¿Tomarás también una copa de vino?

—No, gracias —respondió Regan sin perderse detalle de la imagen de Don y Edward sentados a la mesa conversando con Bella. En un letrero colgado de la pared, se podía leer: «IN VINO VERITAS».

En el vino está la verdad, tradujo Regan. Y no me gustaría conocer la verdad sobre esos tres. Los tres parecen sospechosos. ¿Qué estaba pasando exactamente?

54

Charles Bennett se asomó a hurtadillas al exterior para asegurarse de que la furgoneta de la televisión se había ido. Tras comprobar que no había moros en la costa, salió de casa y atravesó el césped hasta la casa de Lucretia llevando en la mano el regalo de bodas. Había escogido un juego de copas de vino para el novio y la novia en Tiffany.

Llegó hasta los escalones delanteros, llamó al timbre de Lucretia y esperó. Qué casa tan bonita, siempre morada de gente decente en todos los años que llevo viviendo al lado, reflexionó. Algo que estaba a punto de cambiar con Edward Fields mudándose a vivir allí.

—Ya va —dijo una voz procedente del interior. Dos segundos después, Phyllis abría la puerta—. Señor Bennett, qué sorpresa.

—Pensé en traerle un regalo a Lucretia.

—Pase, por favor.

Charles no había estado dentro de la casa desde que la compró Lucretia.

—Si no recuerdo mal, esto está exactamente igual que cuando vine aquí a una fiesta hace un par de años —observó.

—Lucretia lo compró todo como está —ratificó Phyllis—. Los mismos muebles, los mismos cuadros, la misma criada. Me estaba haciendo una taza de té. ¿Le apetece una también?

—Me encantaría —dijo, feliz de que tuvieran oportunidad de hablar. Le pareció que Phyllis estaba un poco tensa.

Al mirar por la ventana de la cocina, Charles divisó las mesas que se habían instalado para la recepción nupcial.

—Veo que ya tienen todo preparado para el gran día —comentó en un tono que tenía poco de entusiasta.

—Ajá. —Phyllis vertió el agua en una tetera de porcelana—. Hemos tenido una mañana un poco ajetreada.

—Anoche vi el reportaje de televisión.

—Según parece, lo vio mucha gente. Ha provocado bastante revuelo.

Charles la miró con socarronería.

—¿Qué ocurrió?

—Un montón de telespectadores enfurecidos llamaron a Lucretia en mitad de la noche. Y siguen llamando. Esta mañana se encontró los escalones delanteros llenos de tomates; hablo de tomates espachurrados. Así que se ha ido de la ciudad.

—¿A dónde?

—La sobrina de Lucretia llamó está mañana. Ella y sus hermanos tienen una bodega cerca de Santa Bárbara, e invitaron a Lucretia y a Edward a pasar el día y a quedarse a dormir. Van a hacer una gran cena. Cuando ya se habían ido, apareció de nuevo la periodista, que seguía aquí cuando llamó Lucretia. Acababa de ver por casualidad la continuación del reportaje emitido hoy. Ella y Edward estaban comiendo en un restaurante en el momento de la emisión del informativo. Así que, ahora, la periodista también va camino de la bodega.

—¿Para qué?

—Porque, como sólo Lucretia sería capaz de hacer, acabó con veintiún moteros escoltándola hasta la bodega.

Charles se rió con ganas.

—No la conozco mucho, pero me parece muy típico de Lucretia. —Se sentó en uno de los taburetes que había junto al mostrador y, de repente, se sintió triste. Lucretia se iba a casar con alguien a quien probablemente le trajera sin cuidado su persona—. ¡No me gusta ese tipo! —soltó sin previo aviso.

Phyllis, que estaba intentando coger las tazas de té del armario, se giró rápidamente.

—Yo no lo trago.

—¿Qué vamos a hacer? —preguntó Charles en voz alta.

Phyllis soltó un profundo suspiro.

—No podemos hacer nada al respecto. —Miró a Charles directamente a los ojos—. ¿Está enamorado de Lucretia o algo así?

—Ya lo creo que sí.

Se rieron al unísono.

—¿Sabe, Phyllis?, si a mi edad no se puede decir lo que se siente, entonces ¿cuándo? En cuanto Lucretia se vino a vivir aquí y me di cuenta de quién era, me puse como loco. No es frecuente que conozca gente con la que pueda recordar el pasado. Ambos fuimos actores en los viejos tiempos. Yo nunca estuve en una película muda y ella, en ninguna hablada, pero no importa. Nos entendemos. Podríamos pasárnoslo bien juntos.

Es tan buen hombre, pensó Phyllis. Si se enterase de que he mentido a Lilac para hacerme con algo del dinero de Lucretia, nunca me lo perdonaría.

Sonó el teléfono.

—Prepárese para esto —le dijo Phyllis mientras conectaba el manos libres—. Residencia Standish, ¿dígame?

—¡Vete al diablo! ¡Espero que Lucretia Standish se atragante con la tarta de bodas!

—Le daré el recado —contestó Phyllis, cortando la comunicación de inmediato.

Charles se volvió a reír.

—No sabía que tuviera tanto sentido del humor.

—Después de todos estos años de sirvienta, con todo lo que he tenido soportar, tienes que verle el humor a estas situaciones.

—Aunque esa llamada me preocupa.

—Lucretia va a hacer que le pongan un número que no aparezca en la guía —le aseguró—, pero, por ahora, este teléfono es todo lo que tenemos. —Sirvió el té en las tazas.

—No me gusta que Lucretia sea el objetivo de todos los locos que ven la televisión. Ojalá pudiera traerla de vuelta y protegerla. —Se cruzó de brazos y suspiró.

—Está peor de lo que pensaba —bromeó Phyllis levantando las cejas.

—¡En serio, Phyllis, tenemos que pensar juntos y deshacernos de ese tipo!

Siempre y cuando consiga mi dinero, pensó Phyllis; siempre y cuando lo consiga.

55

Las oficinas del semanario local *Luis Says* estaban situadas en una pequeña casita de piedra blanca, en una tranquila calle de San Luis Obispo. Dentro, Thaddeus Washburne estaba sentado a su escritorio solo. Los sábados siempre iba un par de horas porque amaba su trabajo. El periódico había pertenecido a la familia Washburne durante tanto tiempo que parecía un miembro más de la misma…, uno que necesitaba tanto cuidado y atención como cualquier familiar y, probablemente, más. Otros hombres jugaban al golf los fines de semana; Thaddeus iba a la oficina y fisgoneaba en sus archivos. Ahora que su mujer había muerto, pasaba allí más tiempo del habitual.

El periódico había salido para la imprenta a última hora del viernes. Thaddeus seguía en la oficina cuando el noticiario de la GOS emitió la primera parte del reportaje de Lucretia Standish. Sin perder un minuto, había escrito su propio artículo sobre Lucretia para el periódico que se publicaría al cabo de dos horas. La familia Washburne siempre había mostrado un interés especial por cubrir las historias de interés humano sobre la gente que había crecido en la zona y que luego se hacía famosa. El padre de Thaddeus había iniciado un dossier sobre Lucretia cuando ésta hacía películas. Thaddeus hurgó en los archivos en busca de los antecedentes y utilizó las fotos antiguas para ilustrar el artículo.

La vida de Lucretia tenía bastante de cuento. Thaddeus quería escribir otro artículo más detallado, pero estaba convencido de la dificultad de conseguir los detalles directamente de ella. Mantuvo encendido el televisor del rincón del despacho y siguió la cobertura continuada de las aventuras de Lucretia. Según parecía, GOS estaba pasando el reportaje cada hora. En un segmento de la mañana, Thaddeus había visto a la criada de Lucretia. Le parecía increíble que Lucretia hubiera hecho todo aquel dinero con una punto-com.

Sonó el timbre de la puerta. ¿Quién puede venir aquí de visita el sábado?, se preguntó mientras se levantaba de la silla. Abrió la puerta y se sorprendió al encontrar a dos ancianas damas paradas en el exterior.

—¿Puedo ayudarlas? —preguntó.

—Tenemos algo que confesar. —Sarah levantó la última edición del Luis Says—. Somos las «amigas no identificadas» de Lucretia.

Thaddeus soltó una risotada.

—¡Me encanta? ¿Quieren pasar, por favor?

Lo siguieron al interior de la confortable casita de campo de un solo ambiente. Los Washburne habían tirado los tabiques hacía años para que todos lo empleados pudieran estar dentro del alcance de los gritos de los demás, como en los rediles de cualquier diario de la gran ciudad. Aunque el espacio fuera reducido y se tratara de un pequeño periódico local, habían tenido la sensación de que así obtenían algo del espíritu de las grandes ciudades.

Thaddeus acercó dos sillas hasta su escritorio.

—A propósito, soy Thaddeus Washburne. —Extendió la mano.

Sarah, siempre la cabecilla, fue la primera en estrechársela.

—Soy Sarah Desmond.

—Y yo, Polly Cook. Podemos deletrearle nuestros nombres para la próxima vez que utilice una foto nuestra.

Thaddeus volvió a reír.

—¿Les apetece un café?

—Prefiero agua —contestó Sarah.

Polly asintió con la cabeza

—El agua estará bien. Podría pasarme todo el día bebiendo café y té, pero luego no duermo por la noche.

—¿No ha probado nunca a tomarlos descafeinados? —preguntó Thaddeus.

Polly hizo una mueca.

—No me gusta como saben.

—Intentamos beber ocho vasos de agua al día —le informó Sarah—. Si quiere que le diga la verdad, es una lata.

—A mi me produce una sensación de hinchamiento… —convino Polly.

—Algo deben estar haciendo bien, chicas —observó Thaddeus—. Sin duda no aparentan su edad. Si no me llegan a decir que eran amigas de la infancia de la nonagenaria Lucretia Standish, les habría echado, como poco, quince años menos.

Polly y Sarah dedicaron sendas tímidas sonrisas de coquetería a Thaddeus y, luego, cuando él se alejó para traerles el refrigerio, se sonrieron la una a la otra con picardía.

Thaddeus cogió dos vasos de la pequeña cocina y los llenó en el enfriador de agua, que emitió un ruidoso gorgoteo mientras el hombre volvía a su escritorio. En ese momento, la presentadora de GOS anunciaba que Lucretia Standish «estaba pasando un fin de semana de órdago.»

Polly y Sarah soltaron un gritito ahogado al unísono y, entonces, se chistaron mutuamente para hacerse callar. Thaddeus dejó los vasos en la mesa, cogió el control remoto y subió el volumen. Una toma del letrero de Bodega Estados Alterados llenó la pantalla. De repente, un motociclista de aspecto duro pasó bajo el letrero, seguido de un Rolls-Royce y una larga hilera de moteros en formación.

«Lucretia Standish fue a visitar a sus parientes a la bodega propiedad de estos últimos, donde esta noche tendrá lugar una cena de ensayo. Fue escoltada hasta allí por una pandilla de moteros llamada los Especialistas de la Carretera.»

La siguiente toma era de Lucretia en el momento de salir del coche saludando regiamente con la mano a la multitud y sonriendo a la cámara.

—Ah, Dios mío —declaró Polly—. ¿Has visto eso?

—¿Celosa? —preguntó Sarah.

Polly arqueó la ceja derecha.

—Tal vez.

«... Lucretia y su prometido saludaron a su familia.»

—Él es un chaval —observó Thaddeus casi para sí

—¿Cómo puede decir eso con esas gafas? —gruñó Sarah, y se inclinó hacia el televisor—. ¿No es esa Nora Regan Reilly?

Lucretia estrechaba la mano a varias personas.

—Creo que sí —convino Polly—. ¿Te acuerdas que la oímos en una conferencia en la Cal Poly hace un par de años?

—Claro que me acuerdo.

—Cubrimos su conferencia en el periódico; no cabe duda de que es Nora Regan Reilly —les aseguró Thaddeus—. Me acuerdo de lo guapa que era y de lo alto que era su marido. Es el que está parado a su derecha.

—Es un hombre guapo. Las dos leemos los libros de Nora —dijo Sarah—. Me pregunto que estará haciendo ahí.

«… A lo largo del día les iremos proporcionando más novedades sobre la boda de Lucretia Standish. Si tienen algún comentario que hacer, por favor, mándennos un correo electrónico a…»

Thaddeus bajó el volumen.

—¡Por Dios! ¿De dónde habrá sacado Lucretia a esos tipos de las motos?

—Siempre le gustó divertirse —observó Sarah al tiempo que movía lentamente la cabeza de un lado a otro.

—Con ella nos divertimos como nunca, ni más ni menos —añadió Polly—. Era un ser temerario a la que nada asustaba.

—Por lo que dicen, deduzco que no la han vuelto a ver.

—Desde antes de que nos casáramos. Perdimos el contacto cuando su carrera empezó a declinar y se fue de California. Es divertido verla volviéndose a casar. Las tres pactamos que seríamos las damas de honor de las otras. —Polly clavó la vista en el televisor con aire nostálgico.

—Me gustaría escribir un artículo sobre las tres —dijo Thaddeus con aire pensativo—. ¿Siempre han vivido aquí las dos?

—Ah, no. Ambas nos casamos y nos mudamos. Yo acabé en San Francisco y Polly en San Diego. Al morir nuestros maridos, decidimos vivir juntas, y puesto que ninguna de las dos quería mudarse a la ciudad de la otra, llegamos a un acuerdo y volvimos aquí, donde las dos nos encontramos a gusto. No estamos lejos de nuestras familias… a un día de coche en el peor de los casos.

—Cuando viajamos, recorremos la costa de California, y cuando salimos a la nacional, a veces tiramos a la derecha y a veces, a la izquierda —explicó Polly.

—Aja. Sería maravilloso volver a reunirlas a las tres después de todos estos años. Podemos invitar a Lucretia a que vuelva aquí para uno de los festivales de verano. Sería un gran artículo. ¿Por qué no intentan ponerse en contacto con ella?

—¡Si ya lo hicimos! —declaró Sarah—. Enviamos un correo electrónico a la emisora de noticias y también incluimos un mensaje privado para Lucretia. Pero todavía no nos ha contestado.

—Lo enviamos ayer noche y no hemos estado en casa en todo el día —le recordó Polly—. Puede que cuando lleguemos a casa tengamos una contestación.

—¿Cuál es su servidor de Internet? —preguntó rápidamente Thaddeus.

—Pluto —contestó Sarah.

—¡El mismo que yo! Utilicen mi ordenador para consultar su cuenta de correo.

Polly, que era aún más adicta a Internet que Sarah, se levantó de un salto y rodeó el escritorio. Thaddeus se levanto y Polly ocupó su silla de inmediato.

—Bonita silla.

—Gracias.

Polly tecleó su contraseña mientras los tres guardaban silencio. Volvió a pulsar y apareció su cuenta de correo electrónico.

—¡Nos ha contestado! —gritó.

Sarah, Polly y Thaddeus se inclinaron sobre el ordenador mientras Polly abría el correo de Lucretia.

«*Queridas Sarah y Polly:*

¡Ha sido maravilloso recibir noticias vuestras! Hace tanto tiempo. Me encantaría que vinierais a la boda, pero no sé dónde estáis. Si recibís este mensaje y no vivís lejos, por favor, apareced en mi casa de Beverly Hills el domingo a la once la mañana. ¡Podríais ser mis damas de honor! ¿Os acordáis de nuestro pacto? Hablando de pactos, POR FAVOR, POR FAVOR, POR FAVOR... mantened sellados vuestros labios sobre nuestro secreto. Si queréis, podéis venir acompañadas; ¡cuantos más seamos, mejor! Abajo os escribo mi dirección y número de teléfono. Ahora, me tengo que ir, pero espero veros mañana,

Abrazos,

Lukey.

P.S.: ¡Ojalá pudiéramos tener esta noche una charla de cementerio!»

—Ese sí que debe de ser un secreto —dijo Thaddeus con avidez, a todas luces esperando que se le dejara entrar en la intriga.

Polly y Sarah se rieron como tontas.

—No podemos hablar —declaró Sarah.

—Después de todo, nos ha invitado a su boda —añadió Polly.

—¿Van a ir? —preguntó Thaddeus.

—¡Pues claro! —respondió Sarah sin ni siquiera mirar a Polly—. ¿Quiere ser nuestro acompañante? —le pregunto al cabo de un rato. Se daba cuenta de que el hombre se sentía excluido.

La cara de Thaddeus se iluminó.

—Sería un placer acompañarlas, encantadoras damas —contestó—. Llevaré mi cámara y les haré una foto actual a las tres. ¡Caray, sacaré una edición especial! Siempre y cuando Lucretia no me cobre millones por los derechos.

—Ya tiene millones.

—¿Sabe? —comentó Polly—, las cenas de ensayo siempre han sido más divertidas que las bodas…, al menos, según mi experiencia.

—Pero no hemos sido invitadas.

—A las damas de honor siempre se las invita a las cenas de ensayo. —Polly se volvió a Thaddeus—. ¿Cómo se llama la bodega? ¿No sé qué Alterados? ¿Dónde está?

—Estados Alterados. Veamos si podemos encontrarla. —Thaddeus se inclinó y empezó a teclear. Era un mago a la hora de conseguir información, no sólo de los entrevistados, sino también de su ordenador—. No está lejos de aquí en absoluto; diría que a una hora de coche en el peor de los casos.

Polly y Sarah se miraron entré sí.

—¿No será un poco avasallador aparecer así sin más? —preguntó Sarah, indecisa.

—Si supiera que estamos tan cerca, nos invitaría. Podemos decir que pasamos con la sola intención de hacer un brindis.

—Decía que quería tener una charla de cementerio con ustedes dos —propuso Thaddeus en tono alentador—. Puede que, a lo mejor, tengan esa charla, después de todo.

—Hagámoslo —animó Sarah—. ¿Qué tenemos que perder a nuestra edad?

Thaddeus sacudió la cabeza.

—Noventa y tres. Es increíble.

—Algo parecido —dijo Sarah—. ¿Nos llevará usted, verdad, señor Washburne?

—Por supuesto. Para mí será un placer.

56

Al salir de la tienda de regalos, Regan no rebosaba buenas vibraciones. Estaba claro que Edward no era un novio modélico, que Bella tenía algún tornillo suelto y que la personalidad de Don iba algo más allá de lo raro. Estaba segura de que, de una manera u otra, había una conexión entre Edward y Don. Reflexionó un instante. Pero, por otro lado, Edward y Lucretia habían decidido acercarse ese mismo día, mientras que Don lo había hecho la noche anterior. No podían haberlo planeado, porque Lilac era la que había sugerido que Edward y Lucretia les hicieran una visita.

Se encogió de hombros y empezó a cruzar el aparcamiento hasta el pabellón principal. Todavía no había llamado a Whitney ni a Jack. Sin saber muy bien por qué, de repente se dio la vuelta y volvió a entrar en la tienda de regalos.

—Lo he pensado mejor y creo que haré una cata de vino —le dijo a Bella, a quien la reaparición de Regan no pareció sobresaltar tanto como a los dos tipos.

—Magnífico —dijo Bella—. Siéntese en la mesa de degustación. ¿Blanco o tinto?

—Tinto. —Regan se sentó en el banco al lado de Edward—. Hola otra vez —murmuró mientras Bella le servía una copa de Weldon Estate. ¿Eso que tiene bajo las uñas es mugre?, se preguntó Regan sorprendida. Esa mañana no se la había visto. Bella era muy cuidadosa con el maquillaje, y quienquiera que se tome tantas molestias en delinear los labios de aquella manera, decididamente mantendrá las uñas limpias. También las tenía un poco astilladas. Bella terminó de servir y dejó la botella.

—Espero que le guste.

Regan levantó la copa y la mantuvo en alto.

—Salud —brindó con un leve gorjeo hacia Edward y Don.

Los dos mascullaron «salud» y bebieron un sorbo.

—Si necesitan algo, estaré en la caja —anunció Bella antes de salir disparada.

Una gente alegre y animada, pensó Regan. Volvió a levantar la copa.

—Edward, por tu boda.

—Gracias —Edward bebió un sorbo de su copa.

—Debes de estar nerviosísimo —dijo Regan—. ¿Eres de Beverly Hills?

—No.

—¿De dónde, entonces?

—De Nueva York.

—¿De verdad?, ¿de qué parte? —Regan estaba disfrutando de su azoramiento.

—Procedo de Long Island —carraspeó—, pero ahora vivo en Manhattan.

—¿Y usted, Don?

El aludido estaba mirando fijamente por la ventana.

—¿Don? —repitió Regan.

—Ah —dijo con brusquedad, girando la cabeza.

Qué extraño, pensó Regan.

—¿De dónde viene?

—De todas partes.

De repente, las dos fuentes de información decidieron que tenían cosas que hacer. Acabaron sus copas y se levantaron.

—Tengo que ir a ver qué hace Lucretia —le explicó Edward.

—Tengo que ponerme en camino enseguida —dijo Don.

—¿Se marcha?

Don asintió con la cabeza.

—Voy a ver a unos amigos. —La expresión de su rostro le dijo a Regan que sus preguntas no eran bien recibidas en absoluto. Pero eso ella ya lo sabía.

—Haga lo que haga, que se divierta —le animó Regan. Bueno, al menos los he puesto nerviosos, pensó mientras los dos hombres abandonaban la sala de cata. Quiero conseguir el número del carné de conducir de Don antes de que parta con rumbo desconocido, pensó Regan. Aguardó un par de minutos y salió al aparcamiento. Sabía que Don conducía un cuatro por cuatro oscuro y, en aquel momento, sólo había uno en el camino. Se acercó y lo rodeó con prudencia. Se percató de la documentación de la casa de alquiler de coches en el asiento delantero. Interesante. Habría necesitado presentar un carné de conducir para alquilar el coche, y Regan sabía que la información estaría registrada y que, si fuera necesario, se podría conseguir.

La matrícula trasera del coche era del estado de California. Regan la memorizó y entró a toda prisa en el hotel, se dirigió a su habitación y escribió el número en la libreta. Satisfecha por haber hecho algo al menos, cogió el móvil y marcó el número de Whitney. De nuevo, contestó el buzón de voz.

«Whitney, soy Regan Reilly. Por favor, si recibes este mensaje, llámame al móvil.» Regan le dio el número. «Muchas gracias. Espero que el seminario haya ido bien.» Cuando colgó, no pudo evitar la sensación de que sus últimas palabras quedaban flotando, pesadas, en el aire, igual que cuando le dices a un enfermo grave que buen aspecto tiene. Deseas que sea verdad con todas tus fuerzas. Sin perder tiempo, marcó el número del seminario que tenía en la libreta. Saltó otro buzón de voz.

«Hola, somos Norman y Dew. Ahora, no estamos en casa…»

Supongo que los padres de Dew también eran hippies, pensó Regan.

«Hola, me llamo Regan Reilly», dijo cuando sonó la señal y dejó el mensaje de que Whitney hiciera el favor de llamarla.

Por último, llamó a Jack. A Dios gracias, contestó.

—Hola, ¿cómo van las cosas? —preguntó Regan.

—Vaya día. Tenemos muchas posibilidades con esta banda de ladrones de arte, y creo que vamos a trincarlos, aunque uno de ellos es realmente escudirrizo. Se le busca en varios estados y siempre consigue colarse por alguna rendija. ¿Cómo te ha ido el día?

—Bueno, Lucretia llegó con una pandilla de moteros.

Jack se rió.

—¿Me tomas el pelo?

—Qué va. Aunque te parezca mentira van a volver para cocinar lo que en realidad se considera una cena de ensayo. ¡Tendrías que verlos! Son tipos listos; quieren proteger a Lucretia.

—Parece que pudieran serle útiles a Lucretia.

—Son todos unos personajes, y si me permites que te lo diga, preferiría tenerlos de amigos. La mayoría son como armarios roperos. Y nunca he visto tantos tatuajes en mi vida.

—¿Tatuajes? —dijo Jack—. Qué gracia. La banda que estamos buscando también es aficionada a los tatuajes.

—¿Ah, sí?

—En el apartamento que registramos, uno de los detectives encontró una foto en la que aparecen cuatro de la banda con una calavera y unas tibias cruzadas tatuadas debajo del ombligo.

Regan asió con fuerza el teléfono.

—¿Bromeas?

—No. Regan, ¿qué problema hay?

Regan bajó la voz.

—Hay un tipo alojado en el hostal que tiene una calavera y unas tibias cruzadas tatuadas debajo del ombligo. Ya sospechaba que no andaba metido en nada bueno.

—Regan, esos tipos son peligrosos —le advirtió Jack, incapaz de evitar el tono de alarma en su voz—. Ahora cuéntame todo lo que sepas de él.

57

Una vez salieron todos los asistentes al seminario, Norman volvió a toda prisa a su despacho y abrió el mueble archivador. Él y Dew guardaban los documentos importantes en el cajón inferior: pasaportes, certificados de nacimiento, la sentencia del divorcio de Norman (su posesión más preciada), las pólizas de los seguros, la escritura de propiedad de la casa, la chequera y diversa documentación que no había mirado desde hacía años. Tras meterlo todo en una bolsa de deportes, se dirigió corriendo al dormitorio y cogió la única copia del guión que acababa de terminar. Era el que había escrito pensando en Whitney Weldon. La llamada de la actriz la víspera lo había animado a releerlo… y no tenía ninguna duda de que se trataba de su mejor obra.

Norman corrió por el pasillo y se precipitó hacia la parte trasera de la casa. Conectó la alarma, salió y cerró la puerta con llave.

—Espero que merezca la pena hacerlo —musitó—. Una casa quemada no necesita para nada ser protegida de los ladrones.

Ricky esperaba en su coche, listo para seguir a Norman hasta la emisora de radio. Éste reculó en el camino de acceso a la casa, adelantó el escarabajo Volkswagen de Ricky y le hizo una señal con la mano.

Condujeron por las tortuosas carreteras de montaña en dirección al pequeño pueblo de Calimook, distante unos ocho kilómetros. En la distancia, el humo se elevaba por encima de las copas de los árboles de manera inquietante.

Quince minutos más tarde llegaban a la pequeña emisora de radio donde Dew trabajaba de pinchadiscos. Disfrutaba de su programa, que consistía en bromear con los invitados que acudían al mismo y en mantener informados a los radioyentes de las últimas novedades y actividades de Calimook y alrededores. De vez en cuando, también ponía alguna canción. Su grupo favorito eran los Beach Boys. Norman había crecido con los Wilson Brothers y le había contagiado a Dew su afición por el grupo.

Dew había conseguido una creciente y fiel audiencia, y los propietarios del pequeño negocio familiar la dejaban hacer lo que le apeteciera. Esa tarde no paraba de facilitar las novedades sobre los incendios. Aparecían por todas partes; algunos eran lo bastante pequeños como para extinguirlos con rapidez, pero otros estaban fuera de control. Dew informó de los primeros planes de evacuación en la zona y había prometido transmitir cualquier nuevo plan de evacuación en cuanto se tuviera noticias de ello en la emisora.

Cuando Dew miró por la ventana de su cabina y vio a Norman y a su común amigo Ricky en la zona de recepción estaba a punto de entrar una cuña publicitaria. Se quitó los auriculares, retiró la silla y salió a toda prisa para saludarlos. Era bonita, con un pelo castaño claro largo y rizado, algunas pecas en la nariz y en las mejillas y ojos de un azul intenso. Dew era la chica playera californiana por antonomasia. Su vestuario se componía de vaqueros y una interminable colección de originales tops. Ponerse elegante no era una de sus prioridades.

—Hola, cariño —saludó a Norman con rápido beso. Se dio cuenta de que estaba preocupado—. Ricky, me alegro de verte —continuó mientras le daba un rápido abrazo a su amigo de la infancia.

—Acababa de llegar a vuestra casa cuando has llamado —le explicó Ricky.

—Dew —llamó el técnico—. Ésta es un pausa breve; vuelves a entrar en un minuto.

Dew agarró a Norman del brazo.

—¿Por qué no salís los dos al aire conmigo?

—¿Para qué?

—En *Charla con Dew*. Podemos hablar de las evacuaciones.

—¡De prisa, Dew! —volvió a llamarla el técnico.

Norman y Ricky la siguieron a la cabina de transmisión y se sentaron enfrente de ella en dos sillas de piel que tenían sendos micrófonos delante. Dew guiñó el ojo cuando la cuña publicitaria fue bajando de tono paulatinamente y volvían a estar en el aire.

«Vuelves a estar con Dew», dijo al micrófono. «Y en este momento tengo aquí a un par de invitados en *Charla con Dew*. Como muchos de vosotros sabéis, mi novio es Norman Broda. Vivimos en una casa en la montaña, en la zona que se está evacuando. Norman está aquí conmigo, así como un amigo nuestro, Ricky Ortiz, que está trabajando como ayudante de producción de una película en los alrededores de Santa Bárbara.»

—¿Quién trabaja en la película, Ricky? —le preguntó rápidamente.

—La estrella es una actriz llamada Whitney Weldon. Todavía no es un nombre familiar, pero ya ha hecho un montón de buenos trabajos.

—Ah, sí, Whitney Weldon. La he visto en algunas películas. Eh, todo el mundo de ahí afuera. Norman dirige ese estupendo taller de interpretación en nuestra casa. Whitney Weldon se había inscrito en el seminario de hoy. ¿Ha acudido? —le preguntó a Norman con una sonrisa.

Norman tuvo un instante de duda.

—No, no ha aparecido.

—¿Ah, no? —Dew lo dijo intentando parecer optimista—. Lo más probable es que haya oído lo de los incendios…

—Hemos tenido que cancelar el resto de la sesión de hoy después de que me llamaras para decirme lo de la evacuación —le dijo Norman—. Así que mejor para Whitney. Será bien recibida en el próximo taller.

—Está muy divertida en esta película —terció Ricky—. Realmente divertida.

—¿Cuál es el título de la película? —le preguntó Dew

—*Suerte esquiva.*

58

Regan se acercó a la ventana del dormitorio y cerró la puerta corredera de cristal. Quería eliminar cualquier posibilidad de que alguien la oyera por casualidad.

—Dice que se llama Don Lesser. Hace un rato le llamé Don y no contestó de inmediato. Parecía como si no estuviera acostumbrado a ese nombre.

—Muchos de los de la banda utilizan alias —dijo Jack mientras escribía el nombre en una libreta.

—Lleva peluca, lo sé. Tiene el pelo rubio y lleva un peluquín negro. Puede que también lleve lentillas, pero no estoy segura. Y hay algo más…

—¿De qué se trata? —preguntó Jack.

—Creo que conoce a Edward Fields. Es sólo un presentimiento. Lesser se ofreció a ayudarle con el equipaje, lo que me pareció extraño. Luego, se sentaron juntos en una mesa de la sala de cata hasta que llegué yo, y se separaron. Se piraron tan deprisa, que se diría que se fueron en volandas.

—Regan, tiene que haber un ordenador en la bodega.

—Sí, he visto uno en la oficina.

—Mira si puedes conseguir la dirección de correo electrónico. Voy a sacar una copia de la foto de los tipos de los tatuajes y te la escaneo. Échale un vistazo y mira si alguno de los cuatro pudiera ser este tal Don —Jack respiró profundamente—, lo cual sería muy interesante.

—Muy bien, Jack, tendré qué correr. Don ha dicho que se iba.

—Lo último que deseo es perder a cualquier del grupo.

—Dame tiempo para ir a la oficina y te vuelvo a llamar enseguida —dijo Regan.

Regan salió por la puerta en el momento en que Don se acercaba por el pasillo.

—Hola, Don —dijo.

—Hola, Regan —contestó el aludido.

Regan aceleró el paso. La manera en que Don había pronunciando su nombre le dio escalofríos.

Todo estaba en silencio por el mostrador de la recepción. Regan sabía que sus padres estaban descansando, como Lucretia, que había ido a su habitación para relajarse antes de los cócteles. Regan encontró a Lilac en la oficina.

—Regan, es maravilloso tener a sus padres aquí —empezó Lilac.

—Lilac —dijo Regan rápidamente. Sabía que no podía contarle de manera concreta de qué se trataba…, todavía no, en cualquier caso—. Mi amigo Jack, al que conoció el otro día, está en Nueva York y necesita enviarme una foto. Tiene que ver con un caso en el que está trabajando. ¿Sería posible que me la enviara a su ordenador?

—Por supuesto, Regan. —Lilac le escribió la dirección de correo electrónico y conectó el ordenador a su buzón—. Llame a Jack y dígale que la envíe ahora. Así sabrá cuando llega. Me quitaré de en medio. —Lilac se levantó y empezó a dirigirse a la salida—. En cualquier caso, ¡tengo tantas cosas que preparar para esta noche! Va a ser divertidísimo. Estaré en la cocina. Si no le importa, avíseme si alguien llama al timbre del mostrador delantero.

—Pierda cuidado —prometió Regan. Ya estaba marcando el número de Jack.

—Jack, estoy en el despacho del ordenador. Ésta es la dirección del correo.

—Fantástico, espera. —Entregó la dirección a un ayudante—. Escanea la foto —le dijo con brusquedad—. Deprisa.

Regan sintió como si su cuerpo estuviera en un estado de alerta exacerbado. El corazón le latía con fuerza. Para que digan de la clase de relajación de esta mañana. Ella y Jack ni siquiera habían hablado sobre cómo actuar si ella creía que Don Lesser era uno de los sospechosos de la foto.

—Regan —dijo Jack cuando volvió al teléfono—, tengo que atender otra llamada. Te vuelvo a llamar al móvil.

—Muy bien. —Sentada, Regan miraba de hito en hito el ordenador. Al cabo de un instante, apareció un nuevo correo; era el de Jack. Pinchó en el mensaje y observó como, poco a poco, la foto empezaba a adquirir forma en la pantalla. Cuando la imagen se hizo nítida, sintió una descarga de adrenalina por todo el cuerpo. El tipo de la izquierda. Tenía el pelo rubio, pero los rasgos, complexión y sonrisa eran los de Don Lesser. No es que le hubiera visto sonreír mucho. Regan miró fijamente la foto de cerca: el vientre tatuado con el pelo rubio era sin duda el mismo que había visto esa mañana.

¡No había ninguna duda de que se trataba de Don Lesser!

—¡Ah, Dios mío! —dijo en voz alta.

—Hooooola —llamó una voz—. ¿Hay alguien aquí? Don Lesser dobló la esquina y entró en el cuarto. Cuando vio la foto en la pantalla del ordenador, se paró en seco. La foto tenía un color vivo y era lo bastante grande como para que se viera desde cierta distancia.

Regan pulsó enseguida la tecla de borrado y se giró hacia él. Sabía que él sabía lo que ella sabía. La furia en la cara de Don era inconfundible.

—¿Qué estás haciendo? —le escupió. Cerró la puerta, echó el cerrojo y, entonces, arremetió contra ella con los brazos estirados y los dedos apretados apuntando a su garganta. Regan soltó un grito desaforado, buscando una manera de defenderse. Localizó un pisapapeles de cerámica en el escritorio, lo cogió y se lo arrojó a la cabeza. Le rozó la frente. Durante un instante, Don se tambaleó hacia atrás, pero, entonces, sacudió la cabeza y se volvió a abalanzar sobre ella. Regan siguió gritando mientras levantaba la pierna derecha y conseguía propinarle una contundente patada debajo del tatuaje. Pero Don era como un buey. El móvil de Regan empezó a sonar cuando los dedos de Don le rodearon la garganta.

La presión se intensificó, estrangulándola. Reuniendo todas sus fuerzas, Regan consiguió levantar los brazos, le quitó la peluca y le metió los índices en los ojos. Momentáneamente aturdido, la soltó. Por segunda vez, Regan le propinó una buena y rápida patada al tiempo que gritaba: «¡Socorro! ¡Auxilio!». Esta vez el sonido resultó espeluznante.

Al ruido de pasos corriendo en el pasillo siguió el de alguien aporreando la puerta. «¡Regan! ¡Regan!» El que gritaba era Luke.

Lesser giró en redondo y soltó a Regan. Al darse cuenta de que estaba atrapado, se abalanzó hacia la ventana, la abrió, saltó afuera y empezó a correr a través de los viñedos.

El móvil seguía sonando de manera insistente; Luke gritaba y aporreaba la puerta. Regan agarró el teléfono y contestó mientras se dirigía un tanto vacilante a franquear la entrada a su padre.

—He identificado la foto —le dijo a Jack—. Definitivamente es tu hombre.

59

Rex corría a través de los viñedos todo lo deprisa que podía. ¿Qué voy a hacer?, pensó fuera de sí. ¿A dónde puedo ir? Se maldijo por haberse hecho aquel estúpido tatuaje. Todo idea de Jimmy. Habían llevado a cabo un gran golpe, así que salieron a beber para celebrarlo y lo siguiente que supo es que todos estaban tatuados. Debía haber matado a Regan Reilly, pensó, tenía que haber terminado el trabajo. Eso es lo que habría hecho Jimmy.

¿Quién le estaba enviando aquella foto?

Olvídalo, se dijo, sólo sal de aquí; sigue corriendo.

Sé como puedo salir de aquí. Sacaré el coche de Whitney del establo; es mi única oportunidad. Corrió a través de las hileras de árboles. Se paró en seco. No había manera de que pudiera sacar el Jeep. ¿De quién era ese coche? ¿Qué hacía aparcado allí afuera?

Rex miró en derredor con rapidez: nadie a la vista. Corrió hasta el coche, una carraca de cuatro puertas color tabaco. Para su consuelo las llaves estaban en el contacto. Se metió de un salto y giró la llave. El motor gimió, tosió y se apagó. Rex le bombeó aire con furia y lo volvió a intentar; al tercer intento desesperado, el motor arrancó. Metió la marcha atrás en el momento justo en que un tipo corpulento con un hacha en la mano llegaba corriendo después de doblar la esquina del establo.

—¡Eh! —aulló.

Apretando a fondo el acelerador, Rex blasfemó. El coche reculó entre chirridos; Rex pegó un frenazo y metió la primera. Tras girar en redondo, enfiló el camino de tierra rociando de arena la cara de su perseguidor. Por el retrovisor, pudo ver a su última víctima abandonando la persecución y agitando el puño.

«Vuelve a tu excavación», bramó. Se alejó a toda velocidad por el camino de tierra que, por lo menos, no tenía tantos baches como otros accesos a Estados Alterados. Rex miró el salpicadero. Parecía un coche de los sesenta. Muy básico. No había demasiadas zarandajas que entender, y lo que de verdad resultaba fácil de ver era que la gran aguja roja apuntaba furiosa hacia la gran V roja: vacío. Dirígete a la gasolinera, imbécil, parecía decir. Al acercarse a la carretera principal, Rex golpeó el volante con el puño. Furioso, giró a la derecha abriéndose mucho justo en el momento en que una furgoneta que marchaba por el sendero contiguo aminoraba, como si el conductor estuviera buscando una salida.

Incapaz de evitar lo inevitable, Rex golpeó el parachoques delantero izquierdo de la furgoneta para después rasparle el lateral, donde se podía leer: INFORMATIVOS GOS. MANTENTE ALERTA. El impacto fue demasiado para el añejo vehículo robado: tras dar una vuelta completa, se quedó mirando en el sentido equivocado. El motor se apagó. Desesperado, Rex intentó arrancar el coche de nuevo, pero fue inútil: no tenía gasolina. Buscó a tientas el manillar de la puerta, saltó del coche y echó a correr de vuelta por el camino de tierra en el momento preciso en que un coche de la policía, con las sirenas resplandecientes, llegaba a toda velocidad por la carretera. El coche patrulla siguió a Rex por el camino de tierra, donde no tardó en frenar a escasa distancia de él. Dos policías saltaron afuera.

—¡Alto! Levanta las manos —gritó una voz—. ¡Ya!

Rex siguió corriendo, pero se volvió para echar un rápido vistazo a sus espaldas. Gran error. El gato negro de Lilac había salido a dar un paseo y acabó directamente en su camino. Cuando volvió a girar, vio al gato bajo sus pies e intentó echarse a un lado, pero trastabilló, tropezó y acabó cayendo de bruces en el camino de tierra.

Los polis tardaron dos segundos en ponerle las esposas.

Lynne B. Harrison chillaba de puro placer. Ella y su cámara personal estaban filmando hasta el último detalle del drama. El reportaje se pasaría por las pantallas de televisión de todo el país en pocos minutos. Aquello bien valía todas las abolladuras y rasponazos de la furgoneta.

60

Walter estaba furioso... además de asombrado y algo más que un poco preocupado. ¡Bella lo iba a matar! Había dejado las llaves en el coche, y se lo habían robado. La había cagado soberanamente. Pero ¿quien iba a imaginar que le fueran a robar aquel montón de chatarra en semejante sitio, en mitad de ninguna parte? Y, de todos modos, ¿quién era aquel tipo?, ¿un recluso fugado?

Después de que su preciado cacharro desapareciera de la vista, Walter se paró y, haciendo una mueca, masculló para sí: «¿Qué hago ahora?». Tengo que informar a la policía, pero van a querer saber qué estaba haciendo aquí. Entonces vendrán a echar un vistazo y encontrarán los grandes agujeros que hemos cavado detrás del establo. Lo mejor sería cubrirlos hasta que pase todo esto, razonó. Bella me va a matar seguro. Se ha pasado todas las horas de la comida de esta semana buscando el tesoro de su abuelo y ahora tendrá que empezar nuevamente. Resulta todo tan injusto.

Será mejor que me dé prisa, pensó. Volveré a poner la tierra en su sitio, y luego iré a la tienda de velas y podremos llamar a la policía.

Con la pala todavía en la mano, dio la vuelta a la parte trasera del establo. Al doblar la esquina y enfrentarse a la visión de una docena de agujeros y otros tantos montones de arena, le entraron ganas de gritar.

«Esto es tan estúpido», gruñó, arrojando la pala por pura frustración. La herramienta voló por los aires, yendo a aterrizar al agujero más alejado de donde estaba parado Walter; en su trayectoria descendente, el afilado borde de la herramienta raspó el muro de la grieta. Unos cuantos terrones de tierra se desmenuzaron y cayeron. Era el primer agujero que había cavado Bella el lunes.

Walter dio una patada al suelo y se acercó para recuperar la pala. Al estirar el brazo para coger el mango, algo rojo atrajo su atención. El brillo era visible a través del muro de arena que había golpeado la pala. Se arrodilló y limpió la arena con las manos. Poco a poco, el rojo se hizo más visible. ¿Será el lateral de una especie de recipiente o de baúl? Ah, Dios, pensó maravillado. ¿Será posible que sea el tesoro de Bella?

Walter agarró la pala y, con un frenesí como nunca antes había experimentado, empezó a retirar la tierra que rodeaba al misterioso objeto. La tierra volaba por doquier. ¡Por favor, ah, por favor, pensó, que sea el tesoro del abuelo!

«¡Es un baúl!», gritó extasiado al limpiar más tierra. «¡¡¡Es un baúl, es un baúl, es un baúl!!!»

Aunque el baúl seguía incrustado en la tierra, Walter fue capaz de abrir el cerrojo para poder levantar la tapa.

Se detuvo. Por favor, que sea algo realmente bueno, rezó. Por favor, que haya algo realmente valioso. Lentamente, levantó la tapa.

El pequeño baúl estaba lleno de viejas botellas de vino de diferentes formas, tamaños y colores. Walter sacó una botella de cristal verde en forma de cebolla y la examinó. Llevaba un sello con un escudo heráldico del año 1698 y la palabra: «Londres». «Ah, Dios mío», musitó. «Son preciosas.» Cogió otra. Ésta tenía un escudo heráldico distinto, del año 1707, y la palabra «Roma» inscrita en la botella. Hay una docena de botellas, contó. ¡Es el sueño de un coleccionista!

Daba la casualidad de que durante la última semana, Walter había estado charlando en el bar con algunos turistas expertos en vinos. Se sentaban en el bar a beber cerveza hasta la hora de cerrar. «De vez en cuando necesitamos beber una rubia», habían bromeado.

Los turistas le habían dicho que se acababa de subastar en Edimburgo una botella de vino del siglo XVII por unas diez mil libras esterlinas, y le habían explicado que, en aquella época, los clientes encargaban sus propias botellas de vino a los vidrieros, y que, luego, se enviaban a los comerciantes en vino para que las llenaran. En la casa de subastas estaban atónitos por el alto precio que había alcanzado la botella, por la que esperaban cobrar tres o cuatro mil libras esterlinas a lo sumo.

«¡Eureka!», gritó. «¡Nos ha tocado el gordo!» Miró en derredor rápidamente para asegurarse de que no hubiera nadie merodeando por los alrededores, dispuesto a robar el tesoro de Bella… y de él. Ya le habían robado el coche, pero le traía sin cuidado. En potencia, esas botellas se podían convertir ¡en cientos de miles de dólares en el banco! Él y Bella se pondrían comprar sendos coches nuevos. Ahora, sólo había un problema. ¿Cómo podría llevarse las botellas a casa?

Walter cerró el baúl, aseguró el pestillo, lo cubrió con tierra y señaló el sitio con varios guijarros. Rellenó los demás agujeros a toda prisa. Después de sacudirse el polvo, se acercó al arroyo, se enjugó las manos y se las secó en los pantalones, con lo que sólo consiguió que los chinos cubiertos de polvo se ensuciaran más. «Me compraré unos nuevos», dijo riendo, y se dirigió a la tienda de velas a buen paso. «Me compraré un par de pantalones», canturreó para así, «y luego un par de zapatos nuevos... y luego...»

Si alguien le hubiera visto caminando como si tal cosa a través de los viñedos, habría pensado que estaba haciendo una prueba para Broadway.

61

¿Qué está pasando ahí fuera?, se preguntó Whitney. ¿Ha venido alguien a rescatarme? Oyó que un coche se acercaba y se detenía. Al cabo de un rato, oyó que alguien intentaba ponerlo en marcha y, luego, unos gritos. Era todo una locura. Nadie se acercaba jamás al establo. Estaba en la linde más alejada de la finca y llevaba años abandonada.

Intentó conservar la calma y la concentración ayudándose de algunas de las técnicas de relajación del tío Earl. Intentó no pensar demasiado en lo deprimida que estaba, en sustituir los pensamientos negativos por otros positivos. Incluso probó a imaginar que estaba interpretando el papel de alguien que era secuestrado y que estaba a punto de ser rescatado.

La mordaza de la boca le impedía inspirar profundamente, aunque seguía pudiendo controlar la respiración. Incluso con facilidad, se dijo. Piensa en algo agradable. Whitney meneó las manos y los pies lenta y metódicamente en un intento de aflojar los nudos. Mientras lo hacía, pensó en Frank.

Ojalá pudiera dormir durante horas y horas, pensó, al menos, sería una forma de fugarse; luego, cuando me despertara, tal vez me rescataran. No puede dejarme aquí para siempre… ¿o sí? Cerró los ojos y pensó que podía percibir un olor a humo casi inapreciable.

Por favor, Dios mío, que sea producto de mi imaginación febril, imploró. Por favor. Pero en su fuero interno, sabía que no era una mala pasada de su imaginación. Había sido una primavera seca y la amenaza de incendio era algo muy real. Ahora, ya no hay manera de que me quede dormida.

Cerró los ojos con fuerza. Eh, Universo, suplicó, si me estás escuchando, envía el mensaje de que necesito ayuda. Que me encuentren. Que alguien me encuentre, por favor.

62

—¡Lo acaban de agarrar! —anunció Regan. Estaba de pie junto al mostrador de la recepción hablando por teléfono con el jefe de la policía local. Alrededor del cuello tenía unas marcas rojas—. Robó un coche que se quedó sin gasolina en el camino principal y le dio un rasponazo a la furgoneta de una televisión de Los Ángeles.

—Me gustaría ponerle las manos encima —dijo Luke con vehemencia.

Luke, Nora y Lilac habían acudido corriendo a los gritos desesperados de Regan. Lilac llamó entonces a la policía, que se dirigían a Estados Alterados cuando detuvieron a Don Lesser. Acababan de telefonear para informar a Regan.

—Su verdadero nombre es Rex Jordan.

Lilac había corrido a contar a Earl y a Leon lo ocurrido, y los tres hermanos volvieron a toda prisa al pabellón principal. En ese momento estaban todos allí, mientras Regan hablaba por teléfono. Nora había apoyado protectoramente la mano en el antebrazo de Regan; Luke estaba en el otro lado, a pocos centímetros de distancia.

—¿A quién pertenecía el coche robado? —preguntó Regan.

El poli del otro lado de la línea leyó el nombre de la licencia.

—A Walter y Bella Hagan.

—¿A Bella? —preguntó Regan, sorprendida—. Trabaja aquí, en la bodega. Lesser huyó y salió corriendo por la parte de atrás, entre los viñedos. Me pregunto dónde estaría el coche.

Lilac se volvió hacia Earl.

—Ve a buscar a Bella.

Earl asintió con la cabeza y salió a toda prisa.

—Llevamos a Jordan a la comisaría —le dijo el jefe a Regan.

—Llamaré a mi amigo Jack Reilly a Nueva York —dijo Regan—. Se va a poner muy contento y sin duda alguna querrá hablar con usted.

—Estoy seguro de que sí. Dígale que me llame.

Regan dudó. No quería mencionar sus temores acerca de Whitney… y de que ese tal Rex pudiera tener algo que ver con el hecho de que no se hubiera sabido nada de ella en todo el día. Al menos, no delante de Lilac. Regan terminó la conversación, le dio las gracias al agente y colgó. Le pediría a Jack que le hablara de Whitney al jefe de policía.

—La verdad es que creo que es el momento de tomar una copa del mejor Weldon Estate —propuso Lilac.

—En alguna parte del mundo son las cinco —bromeó Luke. Rodeó a Regan con el brazo—. Vamos, cielo, siéntate con nosotros en el salón. Puede que nos relajemos.

—Lo haré, papá —aceptó Regan—, pero primero tengo que llamar a Jack. Abrió el móvil y salió a la terraza. El último sol de la tarde arrojaba una suave luz sobre los viñedos. ¿De verdad que sólo hacía dos días que ella y Jack habían llegado allí para pasar un apacible fin de semana? Regan marcó el número y se quedó mirando de hito en hito las redondeadas colinas. Había un ligero olor a humo en el aire. El viento arrastraba el humo de los incendios en dirección a la bodega.

—Hola. —Jack contestó al primer tono.

—La de cosas que hago por ti.

—¿Y ahora qué pasa? —preguntó riéndose.

—Está detenido.

—¿Qué?

—Tienen a Rex Jordan entre rejas.

—¡No me lo puedo creer!

—Robó un coche y se dio un golpe. Le dije al jefe de policía que le llamarías. Cuando hables con él, ¿te importaría comentarle la situación con Whitney? Sé que no está oficialmente desaparecida, pero estoy preocupada. Me temo que ese tal Rex tiene algo que ver con su silencio; cuando Whitney se marchó esta mañana, él estaba aquí. Tal vez la policía consiga que hable.

—Lo haré —prometió Jack.

—Y sigo diciendo que hay alguna conexión entre él y el prometido de Lucretia. Si pudieras encontrar algo…

—Estoy en ello.

—Gracias, Jack. Mantenme informada.

—Regan, después de todos estos apasionantes acontecimientos te mereces el primer premio.

—Bueno, ahora el acontecimiento más apasionante para mí sería enterarme de que Whitney está sana y salva.

—Para ti y para mí —repitió Jack.

63

Edward estaba hecho polvo. Acababa de terminar de hablar con Rex —que estaba planeando irse— y se dirigía de vuelta a su habitación cuando oyó todo el alboroto. Miró hacia fuera y vio a Rex corriendo entre los viñedos. Las cosas no tenían buen cariz, nada bueno en absoluto. ¿Le traicionaría Rex si era detenido?

Alguien llamó a la puerta.

—Sí —dijo tímidamente.

—Soy yo, querido.

—Entra.

Lucretia entró en la habitación. Había estado descansando y acicalándose, y se había cambiado de ropa, poniéndose un traje pantalón de seda color albaricoque. Ya estaba preparada para la cena de ensayo.

Mientras tanto, Edward estaba en la cama en posición fetal.

—¿Te encuentras bien? —preguntó, preocupada, Lucretia. Se acercó y se sentó junto a él.

—No me siento bien —admitió Edward en un tono lastimoso.

Lucretia le puso la mano en la frente.

—No tienes fiebre.

—Me duele el estómago —gimió.

—Qué lástima —le arrulló Lucretia—. Pero, querido, de verdad que tienes que empezar a sentirte mejor. Tenemos una cena de ensayo, y están sucediendo tantas cosas, hay tanto alboroto.

—¿Qué alboroto? —preguntó haciéndose el inocente.

—Un hombre ha atacado a esa preciosa chica, Regan Reilly, en la oficina. Es un fugitivo y ella se dio cuenta. ¡Pero lo han detenido!

—¿Eso han hecho?

—¿No es maravilloso? Es una persona horrorosa, horrible, un ser atroz. Lo buscan en Nueva York y ahora lo van a trincar. Dicen que se va a pasar entre rejas una larguísima temporada. Lilac no comprende que estaba haciendo aquí. Bueno, estoy segura de que no tardará mucho en aclararse todo. El muy asqueroso. —Lucretia le dio unas palmaditas en la mejilla—. Ahora nos vamos a reunir todos para beber una copa de vino. ¿Por qué no te das una ducha, a ver si te hace sentir mejor? Luego, reúnete con nosotros, querido. También es tu noche.

—De acuerdo.

Cuando Lucretia cerró la puerta tras ella, Edward siguió tendido sin pestañear, mirando fijamente el techo. ¿Qué alternativas tengo?, se preguntó. ¿Sería mejor que les dijera ahora que Whitney está maniatada en un edificio de la finca? Si Rex me acusa, me iría mejor si hubiera intentado ayudar a Whitney; podrían mostrarse más indulgente conmigo. Puedo decir que sólo quería que Rex la retuviera durante el fin de semana, que la mantuviera ocupada hasta que terminara la boda, y que nunca tuve intención de que la raptara.

Pero, entonces, se acabaría todo, pensó con tristeza. Lucretia jamás se casaría con él, y puede que acabara en la cárcel. No; correré el riesgo. Aguantaré. Whitney estará bien. Será liberada en cuanto nos casemos y no habrá ningún problema.

Se levantó, entró en el baño y vomitó.

Al menos, no he mentido sobre esto, pensó.

64

Bella estaba en la tienda de regalos cuando Earl entró, se acercó hasta ella con cautela y le cogió de la mano.

—Quiero que no pierdas la calma.

—¿Qué ocurre? —gritó Bella —¿Le ha ocurrido algo a Walter?

Earl sacudió suavemente la cabeza.

—¿Entonces qué? —preguntó mucho más tranquila. Earl podía resultar tan irritante.

—Te han robado el coche.

—¿Robado? ¿De dónde?

—No conozco la localización exacta —dijo Earl. Le explicó lo que había ocurrido en la oficina, y cómo «Don» había echado a correr entre los viñedos, luego había robado el coche y había tenido un accidente.

A Bella se le cayó el alma a los pies. Debe haber robado el coche junto al viejo establo. Pero, ¿dónde podía estar Walter?

—Ve a la casa —le instó Earl—. Yo vigilaré esto.

Bella dejó la caja y salió al aparcamiento justo en el momento en que Walter surgía de entre los viñedos. Se acercó corriendo hasta ella, la levantó en vilo, la volteó en el aire y la besó con fuerza.

—¡Walter! —exclamó—. ¿Estás bien?

—Pues claro que estoy bien.

—Pero nos han robado el coche.

—¿Cómo lo sabes?

—¿Qué quieres decir con que cómo lo sé? Lo robó alguien que intentó matar a una chica aquí, en la bodega. Estrelló el coche en la carretera principal.

Walter seguía sonriendo.

Bella empezó a preocuparse.

—Walter, ¿has estado al sol demasiado tiempo?

—Ajá.

—¿No?

—No. Tengo algo que decirte, Bella.

—¿Qué?

—Encontré el tesoro.

Bella empezó a pegar brincos; luego, le susurró:

—¿De qué se trata?

Walter le explicó con rapidez qué era lo que había encontrado.

—Pero vamos a tener que alquilar un coche rápidamente y volver a por las botellas. Te lo estoy diciendo, valen miles y miles de dólares.

—No puedo creerlo —exclamó Bella—. El abuelo Ward coleccionaba botellas de vino antiguas. Cuando llegó al Canadá, guardaba los periódicos y las revistas. —Volvió a bajar la voz—. Tenemos que ir a la casa y llamar a la policía para denunciar el robo del coche. ¿Qué excusa vas a dar para justificar que estuvieras allí?

—Que te vine a visitar y que me equivoqué de desviación.

—Pero esta mañana me has traído hasta aquí sin ningún problema.

—No soy muy bueno orientándome.

Bella se rió y lo besó con rapidez; entonces, entraron juntos en el pabellón principal de Estados Alterados con aspecto de no tener ninguna preocupación en el mundo.

Lynne B. Harrison retransmitía un avance en directo desde la escena del accidente.

«Increíble», empezó. «Nos dirigíamos a encontrarnos con Lucretia Standish en la bodega Estados Alterados, ¡cuando nos embistió un coche robado! Lo conducía un fugitivo de la ley que había pasado la noche anterior en el hostal de Estados Alterados. Estábamos justo en el límite de la finca, cuando, saliendo como un bólido de un camino lateral, apareció el coche…»

Volvieron a pasar el fragmento en el que Rex salía del coche, echaba a correr y tropezaba con el gato. El cámara se había acercado corriendo y había filmado un primer plano de la cara de Rex.

«… El conductor ha sido identificado como Rex Jordan, de Nueva York. Les mantendremos informados sobre los detalles de Rex según nos vayan llegando. Ahora, nos vamos para encontrarnos con la futura novia Lucretia Standish. Les habló Lynne B. Harrison, cadena GOS. ¡Les veo luego!»

66

Regan volvió a entrar en el pabellón principal, miró a través de la ventana y alcanzó a ver a Bella abrazando a un hombre en el aparcamiento. Parecían eufóricos. Qué extraño, pensó. ¿No le acababan de robar el coche?

Regan aceptó la copa de vino que le ofrecía Lilac y se sentó en uno de los sofás en el momento preciso en que Lucretia hacía su entrada en la pieza.

—Queridos —dijo grandilocuentemente—. Es la hora de celebrarlo.

—¿No se nos une Edward? —preguntó Regan.

—Espero que sí. El pobre tiene problemas intestinales.

Seguro que sí, pensó Regan.

Luke y Nora estaban sentados en un sofá enfrente de Regan. Lucretia se sentó junto a ellos; Lilac servía el vino.

—Leon tenía que terminar un par de cosas en la bodega —explicó Lilac—, pero no tardará. Ah, miren, aquí está Bella.

Bella y un hombre, que a Regan le pareció que hubiera estado revolcándose en la arena, entraron en el hotel. Lilac presentó a Nora y Luke a Bella y a su marido.

—Y Regan, éste es Walter, el marido de Bella.

—Lamento tanto que os robaran el coche —continuó Lilac—. Walter, ¿dónde estabas?

Walter se rió.

—Me dirigía hacía aquí para hacerle una breve visita a Bella y cogí el camino equivocado; acabé en el viejo establo situado en el límite de tu propiedad. Pero entonces me pareció que el monte estaba tan bonito, que decidí apearme y dar un pequeño paseo. Al volver, había un tipo arrancando mi coche. Así que vine hasta aquí para llamar a la policía, y Bella me ha dicho que ya sabíais que el tipo ha tenido un accidente. —Agitó la mano en el aire—. ¿Se puede creer?

Suena inverosímil, pensó Regan, y si a mí me hubieran robado el coche, no me haría gracia. ¿Qué pasa con estos dos? Es evidente que a ambos les gusta jugar con la tierra. Bella había desaparecido entre los viñedos a la hora de la comida y había vuelto con las uñas llenas de tierra, y a los pantalones de Walter parecía convenirles un buen remojo en la lavadora.

—Bueno, llamad a la policía y bebed una copa de vino —les exhortó Lilac.

—Nos parece una gran idea —dijo Bella—, pero tengo que volver a la tienda.

—Le diré a Earl que cierre; en cualquier caso, ya es casi la hora —dijo Lilac.

—Si insistes —aceptó Bella tan contenta.

Vaya, si también está de buen humor, pensó Regan.

La puerta se abrió de nuevo y una pareja de jóvenes entró tímidamente en el hotel.

—¿Puedo ayudarlos? —preguntó Lilac.

La mujer localizó a Lucretia.

—Hemos venido a ver a Lucretia Standish.

Lucretia se levantó del sofá de un salto.

—¡Hola!

—Lucretia, soy Heidi Durst, y éste es Frank Kipsman. —Se volvió hacia Lilac—. ¿Es usted la madre de Whitney Weldon?

—Sí, así es.

—¡Lo hubiera jurado! ¡Se parecen tantísimo! Encantada de conocerla. Frank y yo somos el director y la productora de la película que está protagonizando su hija. Le hablé a Lucretia de interpretar un papel en *Suerte esquiva* y me dijo que viniéramos hoy a tomar un vino con ella.

—¡Han llegado en el momento oportuno! —observó Lilac con una sonrisa—. Por favor, siéntense.

Regan pensó que el director parecía incómodo. Frank se percató de la mirada de Regan y está le saludó con la cabeza.

—¿Está Whitney aquí? —le preguntó Frank a Lilac.

—No, hoy está en un seminario. La veremos mañana en la boda de Lucretia.

No está contento, pensó Regan. Es evidente que no quiere estar aquí. Por su parte, Heidi no mostró ningún problema en colarse y sentarse al lado de Lucretia. Frank se quedó atrás. Regan se levantó y se acercó hasta él.

—Me llamo Regan Reilly. Conocí a Whitney anoche, aquí en la bodega.

—¿Ah, sí? —preguntó, sorprendido.

—¿Por casualidad no habrá hablado hoy con ella, verdad? —preguntó Regan.

Frank pareció volver a sorprenderse.

—No, ¿por qué lo pregunta?

—Sólo tenía la esperanza de que hubiera hablado con ella. Hemos intentado hablar con ella dos veces, pero no ha devuelto la llamada.

Esta vez la expresión de la cara de Frank fue de auténtica preocupación.

—Regan, la he llamado al busca esta mañana a eso de las ocho. Siempre me devuelve la llamada; y yo tampoco he tenido noticias de ella.

—¿Están saliendo? —le preguntó Regan en voz baja.

—Sí.

En ese momento, a Regan no le cupo ninguna duda de que a Whitney le había ocurrido algo.

67

Phyllis estaba casi decidida a dejarlo para otro día. Después de varias tazas de té, Charles se había ido a su casa con la impresión de que no había gran cosa que pudiera hacer ninguno de los dos para evitar la boda de Lucretia. Si se quería casar con ese tipo, entonces era asunto suyo exclusivamente. Ni él ni Phyllis tenían una razón concreta para decirle a Lucretia que no debía casarse con él, como no fuera que no les gustaba su aspecto; ni lo que decía; ni las sensaciones que transmitía.

—Si se le ocurre algo que podamos hacer —suplicó Charles cuando salía por la puerta—, no dude en llamarme.

Phyllis supuso que aunque la boda no se celebrara, todavía conseguiría el dinero de Lilac, ya que Lucretia planeaba dárselo de todas las maneras. Era como perder una serie en un concurso de televisión en el que, no obstante, se ganase el premio mayor. Lucretia estaba en la bodega haciendo amistad con su «familia» porque Phyllis había vuelto a llamar a Lilac; de lo contrario, nunca se habría producido aquella invitación. Lucretia daría el dinero a los Weldon pasara lo que pasase. Demonios, si Lucretia no se casaba, aquéllos podrían llegar a heredar muchos más millones de los que recibirían si la boda se celebrara. ¿Ahora no intentarían estafarle la comisión, verdad?

Phyllis limpió el mostrador de la cocina una última vez, miró en derredor y decidió que todo estaba en orden. Estaría de vuelta al rayar el alba para preparar la celebración. Ahora me iré a casa, descansaré y veré la televisión, pensó. Cerró la puerta trasera con llave y, cuando empezaba a salir de la cocina, sonó el teléfono.

Estuvo a punto de dejar que saltara el contestador.

«Bah, ¿qué importa una llamada repugnante más?», se preguntó mientras descolgaba.

—Residencia Standish.

—Hola, ¿hablo con Phyllis, la sirvienta? —preguntó la mujer de la llamada. Parecía una entrometida.

—Al aparato —dijo Phyllis.

—Ah, estupendo. Tengo que hablar con usted de Lucretia Standish. Estoy siguiendo su historia desde hace dos días en los informativos de la GOS y el reportaje que he visto hace unos minutos me ha impelido a llamar.

—¿Qué reportaje era ése?

—Sobre un hombre que detuvieron en la bodega.

—¡Un hombre detenido en la bodega! —exclamó Phyllis—. Me he perdido ese reportaje.

—Como le he dicho, lo acaban de emitir. Atraparon a un tipo al que perseguía la policía y que había estado alojado en la bodega.

—Ah, caramba.

—Eso digo yo, caramba. Ayer vine sentada al lado de ese tipo en un vuelo de Nueva York a Los Ángeles.

—¿De verdad?

—¿Lo puede creer? Me pareció un poco grosero. Acaparó el apoyabrazos para él y, cuando me levanté para ir al servicio, pareció molestarse porque tuvo que encogerse para dejarme pasar. Luego, en la zona de recogida de equipajes, se abrió paso a empujones para ponerse el primero y coger su bolsa. Salimos juntos y vi que lo había ido a recoger un amigo. Cuando el coche se detuvo, le oí decir: «Hola, Eddie». A lo que voy, es que estoy completamente segura de que el tipo que lo recogió es el mismo con el que se va a casar Lucretia Standish.

Phyllis tardó un momento en asimilar esta información. Ojalá hubiera visto el reportaje.

—¿Edward lo recogió en el aeropuerto?

—Eddie, Edward, llámelo como quiera, y este tipo se conocían. Me sentí en la obligación de hacérselo saber a la señora Standish. Ella tiene todo ese dinero, y el sujeto con el que se va a casar no parece tener buenas intenciones. Mi hermana se casó con un sujeto al que nadie soportaba, pero nadie se atrevió a hablar. Se las hizo pasar canutas, y, por supuesto, acabaron divorciándose. Ahora, mi hermana no para de decir que cómo fue posible que nadie la advirtiera, y se lo oigo tan a menudo, que aun no conociendo a Lucretia Standish decidí que debía hablar ahora o callar para siempre. Si al menos puedo evitar que alguien sufra…

—De acuerdo —la interrumpió Phyllis—. ¿Está segura de que fue Edward Fields quien recogió a ese tipo en el aeropuerto?

—Sí, más que segura. Cuando ayer lo vi en la televisión, llevaba la misma camisa que tenía puesta en el aeropuerto. Era rosa. Me fijé porque acabo de comprarle una camisa rosa a mi marido. Bueno, al verla a usted esta mañana en la televisión, pensé que era la persona a la que debía llamar. Mi pregunta es: ¿por qué el prometido de Lucretia Standish está relacionado con un delincuente?

—Ésa es la pregunta del millón.

—Me parece que sí.

—Bueno, gracias por llamar ¿señora…?

—Green, Sherry Green.

—Tal vez debiera dejarme su número de teléfono —sugirió Phyllis.

—Pues claro.

Phyllis escribió el número y colgó. Volvió a descolgar el auricular de inmediato y marcó el número de Charles. Cuando contestó, le contó la conversación.

—Debemos informar de esto a Lucretia —dijo Charles con energía—. No podemos esperar a mañana.

—Es un asunto peligroso para contárselo por teléfono.

—Vayamos a la bodega ahora.

—¿Ahora?

—Claro, ¿qué tenemos que perder? Esto es importante.

—Paremos primero en mi casa —dijo Phyllis—, así podré quitarme el uniforme de sirvienta.

—Lo que diga —aceptó Charles. Colgó y sonrió. «¡Por fin!», gritó y dio una palmada de alegría—. Vamos a cazar a ese pequeño gusano antes de que sea demasiado tarde.

68

—¡Aquí está mi reportera televisiva! —gritó Lucretia. Saltó del asiento como si tuviera un resorte.

Lynne B. Harrison traspuso el umbral de la puerta seguida de un cámara.

—Hola —dijo, saludando con un rápido movimiento de mano a la multitud allí congregada—. Supongo que se puede decir que encontramos algunas turbulencias camino de Estados Alterados.

—Quiero presentarle a todo el mundo —exclamó Lucretia. Empezó las presentaciones por Heidi, que prácticamente había estado sentada en el regazo de Lucretia—. Ésta es Heidi. Es la productora de una película que protagoniza mi sobrina, Whitney Weldon...

—¿Whitney Weldon es su sobrina? —preguntó Lynne—. Acabo oír hablar de ella en la radio.

Regan se acercó a Lynne.

—¿Y qué decían?

—Bueno —contestó Lynne—, algo sobre lo divertida que estaba en la película.

—¿Quién debe haberlo dicho? —preguntó Heidi—. Quiero decir, ¿quién lo sabía?

—Una ayudante de producción de la película. Era un invitado del programa. Estaba con un tipo que daba hoy una especie de seminario de interpretación, pero han tenido que ser evacuados a causa de los incendios.

—Whitney iba a asistir a ese seminario —dijo rápidamente Regan.

Lynne la miró.

—Pues no fue.

—¿Qué no fue? —dijo Lilac con incredulidad.

Durante un instante, nada ni nadie se movió en la habitación.

—Se... se... según parece no.

—Ah, no —gimió Lilac cuando se le empezó a hacer patente la realidad de la situación.

—¿Dijeron algo más sobre Whitney? —preguntó Regan.

—No, nada más. Hablaban sobre todo de los incendios que se habían declarado.

—Quiero telefonear a la emisora para ver si el profesor del seminario sigue allí —dijo Regan con decisión—. Tal vez Whitney le llamara esta mañana para decir que no iba a ir. ¿Sabe las letras de identificación de la emisora?

—El programa se llama *Charla con Dew*. —Lynne se volvió hacia el cámara—. Scout, ¿te acuerdas de la frecuencia de la emisora?

—No. Iré corriendo a la furgoneta y encenderé la radio; sigue sintonizada en esa emisora. Vuelvo enseguida.

Todo el mundo en la habitación permaneció callado. Parecía como si todos temieran hablar y tuvieran una sensación colectiva en la boca del estómago.

—A lo mejor simplemente decidió hacer otra cosa hoy —sugirió Heidi con optimismo.

Frank dio un paso adelante.

—La llamé esta mañana. Si hubiera podido, me habría devuelto la llamada. Pero no lo hizo.

Heidi lo miró y comprendió por fin.

Lilac se giro hacia Frank.

—Anoche pensé que algo había cambiado en Whitney. Me dijo que el domingo quería hablarme en serio —dijo Lilac en voz baja.

La mirada que intercambiaron Lilac y Frank fue de dolor compartido.

Scout volvió al cabo de un rato y entregó a Regan un trozo de papel.

—Han dado el número de teléfono de la emisora para que llame la gente.

Regan marcó de inmediato el número en su móvil. Contestó una operadora que farfulló la frecuencia y la puso en espera.

—¡Vamos! —masculló Regan.

La telefonista recuperó por fin la llamada.

—¿Puedo ayudarla?

—Sí. Necesito hablar con un invitado al programa de esta tarde. Es el profesor del seminario de interpretación…

—Ése es Norman. No cuelgue.

Regan volvió a esperar, confiando contra todo pronóstico que Whitney hubiera llamado para cancelar su asistencia. Quizá decidió pasar el día en la playa, dejarse llevar por la corriente; quizás hay una explicación lógica…

—Hola, soy Norman Broda.

Regan se presentó.

—Estoy con la familia de Whitney Weldon y estamos preocupados por ella. Nos hemos enterado de que hoy no ha asistido a su seminario. ¿Le llamó para decírselo?

Norman suspiró.

—No, y me sorprendió muchísimo, porque ayer pagó la matrícula del curso y me pareció muy entusiasmada en seguirlo.

Regan sacudió la cabeza.

—Por favor, si tuviera noticias de ella, le agradecería que nos lo comunicase.

—Mi novia trabaja aquí de pinchadiscos. Le pediré que transmita un aviso pidiéndole a la gente que esté ojo avizor por si ven a Whitney, y si ella lo oye, tenga por seguro que llamará.

—Gracias. —Regan le dio el número de Estados Alterados y cortó la comunicación. Se volvió al grupo, cuyos integrantes la miraban de hito en hito—. Voy a llamar a la policía. Pero, puesto que Whitney está ausente sólo desde esta mañana, todavía no se la considera oficialmente desaparecida…

—Pero ese criminal estuvo alojado aquí —intervino Lynne.

Lilac la miró como si alguien la hubiera golpeado.

—Lo sé —dijo Regan—, pero tenemos que empezar a buscar a Whitney nosotros mismos. Podría estar en cualquier parte entre aquí y el lugar del seminario…, el cual está a unos ciento y pico kilómetros, aunque no creo que haya ido tan lejos. Tenía planeado irse de aquí a la seis de la mañana. Si Jordan estuviera involucrado en su desaparición, debió de haber vuelto antes de las ocho, porque después, cualquiera de los que estábamos aquí le habríamos visto entrar. Eso significa que no fue muy lejos y que debe de haber vuelto a pie, ya que el coche de Whitney ha desaparecido.

—Emitiré un aviso sobre Whitney ahora mismo —se ofreció Lynne—, para que la gente esté pendiente de ella. ¿Tienen una foto?

—En la oficina —respondió Lilac, y salió a toda prisa de la habitación.

Edward apareció desde el pasillo y se quedó al margen del grupo.

—Querido —dijo Lucretia—, Whitney ha desaparecido.

—Es horrible —contestó.

Regan prosiguió.

—Si nos desplegamos en abanico… —Sonó su móvil. Miró el identificador de llamadas, vio que era Jack y respondió enseguida.

—Regan, acabo de recibir los registros telefónicos de Rex Jordan. Durante los últimos días, ha llamado reiteradamente a un número de teléfono que podría ser el de nuestro amigo Edward. He llamado a ese número, pero no contesta nadie, salvo el buzón de voz.

Regan echó una rápida mirada a Edward, que había permanecido en el borde de la habitación, casi como si estuviera planeando su fuga.

—¿Qué número es? —preguntó a Jack. Regan lo repitió en voz alta de manera deliberada mientras cogía un lápiz y lo anotaba—: 310-555-1642.

—Ése es el número de Edward —gritó Lucretia.

—Espera un segundo, Jack. ¿Es éste tu número? —le preguntó a Edward aguantándole la mirada.

—Ah, sí, ése es.

—¿Hay algún motivo concreto para que Rex Jordan te llamara varias veces durante los últimos días?

—¿Qué? —dijo Lucretia con un grito ahogado.

—Yo… yo… yo… —tartamudeó Edward.

—Eres socio de ese gorila —aulló Lucretia.

—Lo conocí en Nueva York… Intenté que no se metiera en líos.

—Me has mentido —le espetó Lucretia. Se sacó el anillo de compromiso y se lo tiró.

—Hugo o Edward o como quiera que te llames —dijo Regan en un tono duro—, ¿dónde está Whitney?

La cara de Edward estaba tan blanca como la de un fantasma.

—¿Cómo podría saber dónde está Whitney? No he hecho nada malo. Lucretia, tienes que escucharme.

—Sabes muy bien —continuó Regan con la misma dureza—, que si le ocurre algo a Whitney Weldon, serás considerado cómplice en el asesinato. A lo mejor no te has percatado de que en California el secuestro con asesinato está castigado con la pena de muerte.

El sonido de veintiuna motos entrando en Estados Alterados perforó el aire.

Dirt entró corriendo en el hotel, seguido de cerca por Big Shot.

—Los incendios se están acercando desde la ladera occidental de la montaña. Acabamos de pasar por el establo que tienen allí atrás… y está ardiendo. Hay brasas volando por todas partes.

—Sacaremos las mangueras —gritó Leon—. Por lo menos no es en el hotel. Allí atrás no tenemos más que un puñado de chatarra y maquinaria vieja.

—Eso no es verdad —dijo Edward con voz temblorosa. Supo que todo se había acabado—. Whitney está en el establo, atada dentro de su coche.

Lucretia aulló como si hubiera sido herida de muerte.

—¡Whitney! —gritó con ansiedad por la sobrina que aún no conocía, temerosa de que jamás tendría la oportunidad de hacerlo.

69

Whitney supo que era inútil. Iba a morir y no había nada que pudiera hacer al respecto. El humo estaba llenando el establo, el calor del fuego era cada vez más intenso y todos los ejercicios de meditación del mundo no podrían tranquilizarla ya.

¿Por qué?, se preguntó, ¿por qué tenía que haber ocurrido aquello justo cuando todo iba a ir tan bien? Había conocido a Frank, y él era todo lo que había estado buscando. Sus ojos empezaron a derramar lágrimas que humedecieron la venda que los cubría. Había pasado muy poco tiempo, pero estaba convencida de que Frank era su alma gemela.

Pensó en su madre, que la había criado sola. Ojalá no le hubiera hecho pasar tan malos ratos por haberme puesto Freshness. Terminó por reírse. Supongo que podría haber sido peor; mamá me dijo que la otra opción era Poetry. Sí, mama era una hippy, pero sabía que no podía haber encontrado una madre mejor en ninguna parte. Lo que temía en ese momento era que su muerte resultara demasiado traumática para Lilac; no se lo merecía.

Y el tío Earl, ¡era todo un personaje! Le había enseñado a meditar y a concentrarse. «Tienes que prestar atención», le repetía una y otra vez cuando ella se quejaba de que su men-

te no paraba de revolotear de aquí para allá. «Utiliza tu viveza para la comedia, no para la vida real.»

El tío Leon solía poner los ojos en blanco cuando oía
aquello saliendo de la boca de Earl. «Le dijo el cazo a la sar-
tén: apártate que manchas», solía repetir. Leon era el más
responsable de todo el grupo, el que, entre bastidores y en
silencio, se aseguraba de que todos estuvieran bien.

Os echaré de menos a todos, pensó con lágrimas en los
ojos mientras empezaba a toser. Os extrañaré a todos.

—Lléveme al establo —le dijo Regan a Dirt.

—Voy con usted —gritó Frank.

El grupo entero se puso en acción.

—Llamaré a los bomberos —dijo Nora con voz apremiante.

Leon salió corriendo, gritando a la pandilla de moteros:

—Necesito que alguien me ayude con las mangueras.

Regan saltó en el asiento trasero de la moto de Dirt, que arrancó y se dirigió hacia la parte trasera del pabellón, enfilando en línea recta los viñedos. Frank iba justo detrás, en la moto de Big Shot.

Por favor, rezaba Regan sujetándose al chaleco de cuero de Dirt, por favor, que esté bien. El olor a humo era cada vez más intenso. Llegaron al final de la hilera de árboles y doblaron a la derecha. Delante de ellos, el lateral izquierdo del establo estaba en llamas. Dirt detuvo la moto y Regan se apeó de un salto. Corrió hasta el edificio. La puerta del establo estaba ardiendo. Dio la vuelta a la construcción en busca de algo que sirviera para romper la puerta: en la parte de atrás encontró dos palas tiradas en el suelo. Cogió las dos y volvió corriendo a la parte delantera. Frank le quitó una de las palas de la mano, y los dos empezaron a golpear la puerta ardiente hasta que consiguieron abrirla.

El humo salió en oleadas. Regan, Frank, Dirt y Big Shot empezaron a gritar el nombre de Whitney. El humo adensaba la atmósfera y era imposible ver.

«¡Whitney!»

«¡Whitney!»

«¡Freshness!», gritó Frank a pleno pulmón.

Dentro del coche, el sudor resbalaba por la cara de Whitney; empezaba a perder el sentido. ¿La estaba llamando alguien o se lo estaba imaginando?, se preguntó mientras notaba que se le iba la cabeza.

«¡Freshness!»

Alguien la llamaba, alguien intentaba salvarla. Tenía que hacerles saber dónde se encontraba. Estaba tan cansada. Le supuso un esfuerzo sobrehumano, pero, reuniendo todas sus fuerzas, levantó las piernas y empezó a golpear en la ventanilla trasera del Jeep.

—¡He oído algo! —gritó Regan—. En esa dirección. Sujetando la pala por delante de ella, Regan siguió a tientas el sonidos de los golpazos. Entonces, la pala chocó con algo que sonó a cristal. Regan alargó la mano. Era la puerta de un coche, la del lado del acompañante—. He encontrado el coche —chilló mientras abría la puerta.

—¿Whitney? —llamó Regan entre toses.

Desde la parte trasera del Jeep llegó el sonido de un gruñido sordo.

Regan alargó la mano hasta el salpicadero. ¡La llave estaba en el coche!

—Vamos a sacarte de ahí, Whitney —gritó Regan mientras se subía al asiento del conductor y arrancaba el coche. Mantuvo el claxon apretado mientras salía marcha atrás del establo en llamas, y no se detuvo hasta que se encontró a una distancia considerable de la construcción, que ya se consumía entre el fuego.

Apenas se había detenido, cuando Frank abrió la parte trasera del coche. Se metió de un salto, cogió a Whitney en brazos y la sacó, apoyándola en el suelo. Dirt se acercó a toda prisa y le entregó su navaja. Con cuidado, Frank cortó las ligaduras de los brazos y las manos de Whitney, le quitó la mordaza y la venda que le cubría los ojos. Whitney levantó la vista y no pudo creer que estuviera viendo los ojos del hombre del que estaba enamorada, aquellos ojos que pensó que no volvería a ver jamás.

—Algo me dice que, al menos, te debo una llamada de teléfono —dijo.

Frank sonrió y se limpió una lágrima.

—No pasa nada. Pero que no vuelva a ocurrir.

71

Bella y Walter estaban como locos. Salieron corriendo hacia el establo junto con Nora y Luke y Lilac y Earl. Los moteros estaban ayudando a Leon con las mangueras. Dos de ellos se habían quedado atrás, montando guardia sobre Edward mientras llegaba la policía. Lo más probable es que Edward anhelara que llegara de una vez: cualquier cosa era mejor que escuchar los gritos que le profería Lucretia.

Bella y Walter llegaron al establo echando el bofe justo en el momento en que sacaban a Whitney del Jeep. ¡Menudo rescate! Todo el mundo se acercó corriendo hasta Whitney. Los bomberos llegaron a toda prisa por el camino y se detuvieron delante del establo. Salieron disparados del camión, desenrollaron las mangueras y se pusieron a trabajar.

—Walter —susurró Bella—, ¿qué vamos a hacer en relación al tesoro?

Walter miró en derredor. Todos estaban distraídos alrededor de Whitney.

—Me temo que dejé el cofre enterrado allí detrás… era de madera. Si el fuego se extiende, arderá. ¿Quién sabe lo que podría ocurrirle a las botellas? Vayamos a recogerlo; nadie nos verá. Podemos esconderlo en los viñedos y volver a por él esta noche.

Se deslizaron juntos hasta la parte trasera del establo.

—¿Dónde están las palas? —preguntó Bella.

—Estaban justo aquí cuando me fui —gimió Walter—. No sé qué ha podido haber pasado con ellas.

—Tenemos dos manos cada uno —dijo Bella—. Manos a la obra.

Se arrodillaron donde Walter había dejado las piedras, a escasa distancia del edificio en llamas, y empezaron a excavar.

—Corre, Walter, corre —ordenaba Bella.

—Ya corro —insistía él.

Como dos perros juguetones que hurgaran en la tierra. El calor del incendio les hacía sudar.

—Me alegro de que Whitney esté bien —dijo Bella mientras trabajaban sin descanso.

No cayeron en la cuenta de la presencia de Regan Reilly, de pie a cierta distancia mientras les observaba con una expresión de regocijo en la cara.

—Aquí está —gritó Walter cuando el rojo del baúl empezaba a vislumbrarse a través de la tierra.

—¡Aaaaah! —gorjeó Bella.

Bajaron las manos por los laterales del baúl y lo sacaron de la tierra con gran esfuerzo.

—¿Quieres echarle un vistazo rápido? —le preguntó Walter a Bella.

—Ahora no. Saquémoslo de aquí ya.

—Me gustaría echarle un vistazo —profirió Regan.

Bella se giró rápidamente y le espetó:

—Esto era de mi abuelo, y ahora es mío.

—Ya hablaremos de eso —dijo Regan—. Haré que dos de los moteros lleven eso de vuelta a casa. Luego, podremos hablar con los Weldon sobre lo que les gustaría hacer con lo que ha sido encontrado enterrado en su propiedad. —Sabía que estos dos tenían pinta de haber estado excavando por aquí, pensó Regan. Pero ¿un tesoro enterrado? Se moría de ganas por ver lo que había allí dentro.

72

Whitney se sentía débil y tosía, pero insistió en volver a la casa caminando entre los viñedos.

—¡Necesito que me dé el fresco! —dijo riendo. Estiró los brazos por encima de la cabeza—. Quiero estar al aire libre con la gente que quiero. —Bajó los brazos, y se los echó por encima del hombro a Frank y a Lilac que, situados a sus costados, le sirvieron de apoyo mientras caminaba hacia el hostal. Leon y Earl los seguían de cerca.

Heidi intentaba charlar con Leon, a quien encontraba muy atractivo. La forma en que había estado dirigiendo a la banda de moteros y había combatido el fuego hasta que llegaron los bomberos, la había emocionado.

Regan caminaba al lado de Nora y Luke. Sacó el móvil y llamó a Jack.

—Más noticias sorprendentes —le informó en cuanto Jack contestó.

Dirt y Big Shot llevaban el baúl rojo de vuelta a casa. Ninguno de los Weldon conocía todavía su existencia. Lo único que les preocupaba era Whitney.

Bella y Walter cerraban el cortejo. Era a Bella a la que le tocaba despotricar en ese momento.

—Me trae sin cuidado lo que digan. Esas botellas pertenecían al abuelo Ward y deberían quedarse en la familia.

—Lo sé, lo sé —contestó Walter—. Veremos que se puede hacer.

Lucretia salió corriendo del pabellón principal para conocer a su sobrina.

—¡Whitney! —gritó.

—¡Lucretia! —Las dos mujeres se abrazaron.

—Estoy tan apenada —se lamentó Lucretia.

—¿Por qué? —preguntó Whitney.

—Me apena muchísimo que ese pelele con el que me iba a casar conspirara para impedirte asistir a la boda.

En ese momento, la policía sacaba esposado a Edward Fields de la casa. Se detuvieron cerca de Whitney, que lo miró directamente a los ojos.

—¿Por qué no querías que asistiera a tu boda?

Edward no le contestó.

—Su nombre es Edward Fields, antiguamente conocido como Hugo Fields —recordó Lucretia.

—Pero —dijo Whitney al tiempo que sacudía la cabeza—, ¿qué tiene en contra de mí?

—¿No lo habías visto antes? —preguntó Lucretia.

Whitney lo miró con los ojos entrecerrados.

—Tal vez, pero por mi vida que no podría decir dónde.

Edward pareció horrorizado.

—¿No te acuerdas de mí? —aulló.

—Lo siento —se disculpó Whitney—, soy muy mala recordando la cara de la gente. El tío Earl me dice que tengo que fijarme más en ese tipo de cosas.

Edward casi se cae redondo allí mismo. ¿Así que toda aquella preocupación por mantenerla alejada de la boda había sido completamente innecesaria? ¿Ni siquiera lo reconocía? Quiso morirse.

—¡Fuimos compañeros en una clase de interpretación! —le gritó—. Nos tocó hacer juntos una escena.

—¿Y es por eso por lo que no querías que asistiera a la boda? —preguntó Whitney—. ¿Es que eras tan mal actor realmente?

—¡Nooooooo! —gritó mientras la policía lo conducía al coche patrulla. Empezó a gemir. A esas alturas, sus pensamientos eran como el más salvaje de los monos de Earl, balanceándose de árbol en árbol. Si tan sólo hubiera aprovechado sus oportunidades; si tan sólo no se hubiera puesto en contacto con el idiota de Rex; si tan sólo, si tan sólo…

—Uau —exclamó Whitney—. Ahora sí que ya no le gusto nada.

—Bueno, cielo, a nosotros sí —le aseguró Lilac—. Entremos en casa. Tienes que comer y beber algo.

—Ya no será una cena de ensayo —anunció Lucretia—. ¡Y a Dios gracias!

Regan hizo un aparte con Lilac.

—Bella y Walter desenterraron un baúl detrás del establo que su abuelo había dejado atrás hace unos ochenta años. Dentro hay algunas valiosas botellas de vino antiguas. Bella cree que deberían quedárselas. Tengo que decirle que esas botellas son teóricamente muy valiosas.

Lilac miró a Regan, de paso que recordaba cómo se había sentido cuando el dinero del tío Haskell fue a parar a manos de Lucretia. Comprendía el sentimiento de que algo que una vez había pertenecido a la familia debería permanecer en la misma.

—¿Sabe? —continuó Regan—, las palas que utilizamos para romper la puerta del establo no habrían estado allí si esos dos no hubieran estado cavando en la parte de atrás.

—No siga —susurró Lilac mientras reparaba en Whitney, sentada con Frank en el sofá y con un aspecto de enorme felicidad—. Tengo todo lo que necesito. Dígales que las botellas son suyas.

Regan se volvió hacia Bella y Walter, que estaban apoyados en la pared, y les hizo un gesto de aprobación levantando el pulgar. Bella empezó a llorar mientras apoyaba la cabeza en el pecho de Walter.

—Madre se sentirá muy feliz. Llamémosla.

—Y mañana iremos a comprar un coche nuevo.

Los Especialistas de la Carretera se afanaban en preparar la parrilla y en disponer las cosas para la cena en el patio trasero. En el salón tenía lugar una serie de brindis.

Frank y Whitney estaban íntima y agradablemente sentados en el sofá; Heidi y Leon habían congeniado; Nora y Luke estaban sentados uno junto al otro al lado de Bella y Walter, a quienes Lilac había invitado a quedarse a cenar.

Lynne B. Harrison y su cámara lo filmaban todo.

—Por el Karma —brindó Earl—. Lo que va, vuelve. Estamos inmensamente felices por el regreso de Whitney y por tener a Lucretia en nuestras vidas.

—Y yo lo estoy por teneros de familia y de nuevos amigos —dijo una efusiva Lucretia—. ¿Qué hay de bueno en tener todo lo que tengo si no lo puedo compartir?

Tendrán el dinero, pensó Regan.

—Tal vez mi vida amorosa no haya salido tan bien parada esta vez…

Todos se echaron a reír en el momento en que Charles y Phyllis cruzaban la puerta principal.

—Pero nunca se sabe lo que puede ocurrir —prosiguió Lucretia—. Charles, Phyllis ¡entrad!

—¿Phyllis? —preguntó Lilac.

—Sí, soy yo. Estábamos preocupados por Lucretia.

—Pero acabamos de oír por la radio que el motivo de nuestra preocupación ha sido eliminado —dijo Charles mientras le cogía la mano a Lucretia y se la apretaba con dulzura.

—Está en chirona —reconoció Lucretia.

—Bueno, me gustaría hacer un brindis para que tiren la llave —sugirió Charles.

«Eso, eso, que la tiren», gritaron todos al unísono y bebieron con ganas.

—Es todo tan maravilloso —exclamó Lucretia—. No me imagino que más se podría pedir en una fiesta así.

—¿Qué tal nosotras?

Todo el mundo se volvió hacia la puerta.

Dos ancianas y un caballero de pelo blanco estaban parados en la entrada.

Lucretia los examinó con una expresión de extrañeza en el rostro.

—¡Vamos, Lukey! —gritó Polly—. ¡Dijiste que nunca nos olvidarías!

—¡Aaaaaaah! —gritó Lucretia—. Mis dos más viejas amigas.

Polly y Sarah se adelantaron para abrazarla.

—Tus dos viejas amigas que jamás, jamás, jamás divulgaron nuestro secreto —dijo Sarah.

—¿A quién le importa ya? —preguntó Lucretia—. ¡Me siento orgullosa de que tengamos noventa y seis años!

—¡Lucretia! —dijo Charles entre risas—. ¡Mentiste sobre tu edad!

—¿Y qué actor no lo hace? Y, ¿sabes?, voy a volver a actuar. —Sonrió a Heidi—. Tengo un papel en la película que está haciendo Whitney y quiero fundar una productora. Nos lo vamos a pasar muy bien, Charles. Tendrás que dejar de ser un jubilado, volvemos al negocio del cine.

—Brindo por eso.

Lilac levantó la copa.

—Tengo otro brindis. Por Regan Reilly; de no ser por ella… en fin, ni siquiera me atrevo a pensarlo.

—Gracias, Lilac. —Regan rió—. Supongo que se puede decir que ha sido un día ajetreado.

Dirt asomó la cabeza por la ventana.

—La sopa está servida.

Lilac llevó a Phyllis a un aparte.

—No tengo palabras para agradecerle que me llamara.

Phyllis parecía avergonzada.

—No fui muy honrada…

—Déjelo —insistió Lilac—. Si no hubiera llamado no habríamos hecho que Regan Reilly buscara a Whitney. Aquella llamada le ha salvado la vida a mi hija. Nunca podré corresponderle por eso, pero no dude de que lo intentaré tan pronto Lucretia…

Phyllis se sintió como si hubiera ganado el premio mayor de su concurso favorito.

—Ya no importa el dinero —dijo con voz temblorosa interrumpiendo a Lilac—. El saber que tuvo algo que ver con la salvación de Whitney me hace sentir como una ganadora.

Lilac le cogió de la mano.

—Vamos a comer.

Al terminar la cena, todos parecían felices. Habían comido, bebido, cantado y se habían divertido de lo lindo. Lilac insistió en que todos se quedaran a pasar la noche.

—Hay muchas habitaciones —dijo—. En la oficina tengo un sofá nido especial de Bernadette Castro y puedo sacar una cama mueble del sótano y…

Cuando Regan entró por fin en su habitación, miró por la ventana y sonrió. Los moteros estaban extendiendo sus sacos de dormir bajo las estrellas. Menudo día, pensó mientras apoyaba la cabeza en la almohada. Ya sólo quedan dos semanas para que vea a Jack.

73

12 de mayo, domingo

La mañana del domingo amaneció clara y brillante. Los pájaros parloteaban y gorjeaban y los últimos incendios habían sido extinguidos antes del amanecer. Regan se despertó y permaneció en la cama un rato, escuchando los sonidos que la rodeaban. Eran casi las nueve. He dormido de un tirón, se percató. Vaya, estaba muerta.

Se levantó, tomó una ducha y se dirigió al comedor. Todas las sillas estaban ocupadas. Los moteros copaban varias mesas, Luke y Nora estaban sentados con Lucretía, Charles y las viejas amigas de aquélla.

—Feliz día de la madre, mamá. —Regan besó a su madre en la mejilla.

Lilac y Phyllis salieron de la cocina llevando varias fuentes abarrotadas de filloas.

—Regan, ¿podría ir hasta la recepción y traer un par de sillas? —le pidió Lilac.

—Por supuesto.

Regan salió del comedor, atravesó el salón y llegó al mostrador. Allí sólo había una silla, y Jack Reilly estaba sentado en ella.

—Creí que no te levantarías nunca —dijo con una sonrisa.

—¡Jack! —Regan se sentó en su regazo y lo abrazó—. ¿Qué haces aquí?

—Tenía un par de días libres y pensé que a lo mejor podíamos retomar las vacaciones donde las dejamos…

—¡Aquí no! Quiero salir de aquí.

Jack se rió.

—Estaba de broma. Alguien tenía que venir y escoltar a Rex hasta Nueva York, así que deduje que debía ser yo. No podía esperar otras dos semanas para volver a verte.

Lucretia apareció en el umbral de la puerta.

—¡Queridos! Moveos. Es demasiado tarde para anular el servicio de comidas, así que vamos a ir a mi casa de Beverly Hills y tendremos una fiesta sensacional. —Se detuvo, sonrió con malicia y les guiñó un ojo—. A menos, por supuesto, que queráis que siga siendo una boda.

—Necesitamos más tiempo para planearlo —contestó Jack. Se volvió hacia Regan—. ¿No te parece?

Regan le dedicó una sonrisa.

—Creo que sí.

Otros títulos publicados en
books4pocket romántica

Jo Beverley
La dama del antifaz
Tentar a la suerte
Lady escándalo

Julia Quinn
El duque y yo

Susan Carroll
El merodeador nocturno
Novia de medianoche

Karyn Monk
La rosa y el guerrero
La rica heredera

Patricia Ryan
Tormenta secreta
Hechizo del halcón
La espía de la corona
Viento salvaje

Mary Jo Putney
Una rosa perfecta

Linda Howard
Premonición mortal
El hombre perfecto
Morir por complacer

www.books4pocket.com